消滅
VANISHING POINT(上)

恩田　陸

消滅　VANISHING POINT（上）

1

早く淡々《たんたん》軒の肉ワンタン麺が食べたい。

地上に降り立った時、小津《おづ》康久《やすひさ》の頭にあったのはもっぱらそれだけだった。

今やどの国の街角でも日本風のラーメンは食べられるし、日本からたくさんの店が進出しているから同じ味が食べられるのだけれど、淡々軒は彼の家の近所にしかない。

時々どうしても我慢できなくなって向こうでもラーメンを食べるが、やはり彼が食べたいのはあの味、自宅近くの駅前商店街であぁ帰ってきたと実感しながら食べる、昔ながらの醤《しょう》油《ゆ》味のあの肉ワンタン麺なのだ。

帰国するのは三か月ぶりだが、ここ数年、帰国したら真っ先に淡々軒に駆けつけるのが習慣になってしまった。

駅からまっすぐ行けば十分もかからず自宅に着くのに、その時間が惜しくて、スーツケースを引きずったまま店に飛び込むこともしばしばである。なにしろ、帰りの飛行機の中で日本が近づいてくると脳内にあの味が蘇《よみがえ》ってくるのが分かり、着陸態勢に入る頃には鼻先に肉ワンタン麺の湯気を感じ、生唾が湧いてくるほどなのだ。「パブロフの犬」という有名な条件反射の代名詞があるが、今や康久の中ではベルト着用のサインと肉ワンタン麺のまぼろしがセットになっている。

それを知っている妻は「淡々軒は逃げやしないわよ」と言うのだが、彼が「いや、逃げるかもしれない」と真顔で答えるので露骨にあきれた顔をする。

それでなくとも康久はいったん気に入った店はとことん通い、しかも飽きずに同じメニューを注文するたちである。

店舗拡張だの、店主の体調不良だので好きな味が変わってしまう、もしくはなくなってしまうことを彼は極端に恐れていた。悲惨なのは、帰国して真っ先に駆けつけようとしたら、店が休みだった場合である。

淡々軒の休業は火曜日。日本にいる時はちゃんと覚えているのに、海外に出るたびそれを失念し、駆けつけて「本日定休日」の札を目にした時の衝撃。なぜかいっとき帰国する日がいつも火曜日というのが続き、落胆のあまりしばらく動けず、力なく天を仰いだのが苦い記憶として残っている。

今日は火曜日じゃないよな？

康久は寝起きのぼんやりした頭で考えた。

飛行機が着陸したのはいいものの、駐機場が手配できないとかで、座席で三十分以上待たされ、肉ワンタン麺の夢を見つつ思わずうとうとしてしまったのだ。

不意に、さっき近くの席で誰かが「よい週末を」と挨拶していたことを思い出す。日本人どうしがそう挨拶するのは珍しい。きっと海外生活の長い人だろう、と思ったことも。そうだ、今日は金曜日だ。思い出せてホッとする。

ここ数週間、ずっと週末返上で膨大な量の契約書のドラフト（草案）と格闘していたので、曜日の感覚がない。どこにいてもパソコンの画面しか見ていないし、頭に浮かぶのは細かい文言をどうするかだけ。機内でも、ふと我に返ると、赴任先に向かっているのか帰国途上なのか分からなくなるほどだ。マレーシアは時差がほとんどないのはありがたいが、日本にいる時と時間が連続しているので、息継ぎなしでプールを往復しているような気がする時がある。

「うわー、真っ暗だ」

「まだ降ってないよね？」

そんな声が聞こえたので、通路に面した大きなガラス窓に目をやると、確かに外は夜のように暗くてギョッとする。

慌てて壁の時計を見るが、まだ午後三時を回ったところだ。

どすぐろい雲が滑走路の上に不気味に垂れ込めていて、あちこちで渦を巻いているのが見える。遠くのほうでちらちら閃光《せんこう》が点滅する。

そういえば、超大型台風が接近中だと言っていたっけ。ドラフトに没頭していたのであまり気に留めなかったが、確かに日本近海は結構揺れた。隣に座っていた親父が飛行機恐怖症だったらしく、揺れるたびにいちいち動揺するのが少々鬱陶《うっとう》しかったので覚えているのだ。台風は今どの辺りにいるのだろうか？　南大東島《みなみだいとうじま》辺りか？

今世紀に入って異常気象が激しくなり、子供の頃にゲリラ豪雨だの猛暑日だの新しい用語ができた記憶がある。年々夏ばかりが長くなり、春と秋は一瞬のみ。いい気候だと思う期間がどんどん短くなっていくような気がする。

暗い空に目を凝らすと、まだ雨は降っていないようだ。だが、それも時間の問題だろうし、急ごう。康久は足を速めた。

空模様を見て同じように考えたのか、通路を歩く人の波のスピードが上がったようである。いつも思うことだが、なぜ空港に着くと皆早足になるのだろう。むろん早く出て早く荷物を受け取りたいからだろうが、みんながみんな急き立《せた》てられるように急ぎ足になるのが不思議である。

小走りになりつつも、康久の頭の中にはさっきまで訂正していたドラフトの文言と肉ワンタン麺のイメージが繰り返し浮かんでいた。

向こうから打ち返されたドラフトはもう本社に送ってあるから、今日は本社に寄らずにまっすぐ帰れる。肉ワンタン麺食べて、うち帰って風呂入って、久しぶりにミドリとナオコと遊んで——

前方に入国審査官がずらりと並んだブースが見えてきた。結構混んでいる。台風のせいで団子状態になって飛行機が着陸したのだろう。

いちばん短そうに見えた列に並ぶ。

前にいたのは、ひょろりとした背の高い青年だった。こういう列に並ぶ時、康久はなるべく若いビジネスマンの後ろに並ぶことにしている。彼らは新しい機械やシステムを使いこなすのも早いし、えてして他の客層よりも短時間で自分の番が回ってくるように思えるからだ。

でかいな、こいつ。近づいてみると、自分より頭ひとつ大きかった。一九〇センチ以上あるのではないだろうか。

使い込んだ丈夫そうな黒いリュックを背負い、青年は寛《くつろ》いだ様子で立っていた。

鳥の巣のような頭は天然パーマらしい。

髪の毛が多くて羨《うらや》ましいな。

康久は、最近薄くなってきた頭頂部に思わず手をやっていた。

が、突然何か思い出したように、青年はびくんと身体を動かした。

後ろにいた康久も、つられてびくんとしてしまったほどだ。

青年はあたふたとポケットに手を突っ込んで何かを探し始めた。その何かは見つからないらしく、首をかしげ、リュックを下ろしてジッパーを開ける。

康久は、しゃがみ込んでリュックの中身をかき回している青年を眺めていた。

どうしたんだろう。まさかパスポートが見つからないというのではないだろうな？

他の列に並んだほうがいいだろうか？

しかし、後ろを見るともうずらりと人が並んでいた。他の列も同じだ。

何かは分からないが、その何かが早く見つかることを祈る。

が、見つかったのかあきらめたのか、青年は小さく溜息《ためいき》をつくと、リュックのジッパーを閉めて立ち上がった。また先ほどのように寛いだ雰囲気に戻る。

なんだったんだろう？

康久は内心首をひねった。

再びリュックを背負った時、ジッパーの端に付いているストラップが大きく揺れるのが目に入った。

カーキ色の機体に赤い丸印。

零式《れい》艦上戦闘機である。その小さな飛行機に、風防頭巾《ふうぼう》をかぶったダックスフントに似た小さな犬が乗っていた。

ミリタリーおたくだろうか。それともただの飛行機好きか。

俺もストラップ付けなきゃな。

康久は、ぱんぱんに膨らんだ自分のビジネスバッグを見下ろした。日本人はだいたい似たような黒のビジネスバッグを持っているので、見分けがつかないことが多い。スーツケースはステッカーを貼るなどして識別できるようにしているが、ビジネスバッグに目印を付けている人は少ない。

つい最近も間違えそうになったことがあって、冷や汗を掻《か》いた。これまでじゃらじゃらストラップを付けている人を馬鹿にしていたのだが、やはり目印は必要だなと思うようになった。

うちに帰れば、遊んでいるストラップが何かあるだろう。

そんなことを考えていたら、またしても前の青年がびくんと身体を強張《こわば》らせたので、こちらもまたまたつられてびくんとしてしまう。

今度は、ついと天井を見上げ、怪訝《けげん》そうに何かを見つめている。横顔が見えたが、つんと上を向いた鼻の上に、大きな丸い縁の眼鏡《めがね》を掛けていた。その目はひどく真剣で、青ざめているようである。

どうしたんだろう？

康久はその横顔を見つめていた。

眼鏡の奥の目は、少し色が薄くて、日本人ではないのかな、と思わせた。

彼はゆっくりと天井の隅々に視線を這《は》わせると、何事かをもごもごと口の中で呟《つぶや》いた。

「まさか、そんな」

そう聞こえた。まさか、そんな。日本語だ、と思ったその瞬間である。

ブツッ、と耳障りな音が響き渡り、ほんの短い間を置いて、凄《すさ》まじくけたたましいサイレンが鳴り始めたのだ。

「うわっ」

その場にいた人々が動揺するのが分かった。

「え？　何？」

「なんのサイレン？」

耳を覆い、互いの顔を見る人々。

遠くで何か叫んでいる人もいるが、あまりにもサイレンの音が大きいので何も聞こえない。

空襲警報、という言葉が頭に浮かんだ。

言葉でしか知らないが、このゾッとするようなサイレンは、何か大きな危険を知らせているとしか思えない。こんなサイレンを聞くのは初めてだ。

みんながきょろきょろ周りを見ている。

よく見ると、サイレンを聞いて動揺しているのは空港職員も同じだった。みんな青ざめた顔をして、そこここを駆け回っている。入管職員も手を止めて、何事か叫んでいた。

「何が起きたの？」

「早く止めて」

隣の列にいた中年女性のグループが頭を抱えて叫んでいた。確かに頭が痛くなるような、ものすごい音である。鼓膜が震えるのが分かるような気がした。

サイレンはたっぷり一分以上も鳴り響いていた。誰もが逃げ場所を探すようにへっぴり腰になり、耳を塞いでいる。飛行機の中で使っていたであろう耳栓を詰め込む人もいた。

耳を押さえながらも、康久は前に立っている青年から目が離せなかった。

彼は平然として身じろぎもせずにその場に立っていた。

まさか、この青年は、サイレンが鳴ることを知っていたというのか？

唐突にサイレンが止《や》んだ。

まるでストップモーションのように、誰もが動きを止めたまま、恐る恐る天井を見上げている。まだサイレンが止んだことが信じられないかのように。

「止んだ」

「止まった」

ぼそぼそと呟いて、みんながよろよろと動き出し、背筋を伸ばした。

みんなが一斉に話し始める。

「なんだったんだろう」

「あー、うるさかった」

「寿命が縮まったわ」

「火災報知器の誤作動なんじゃない？」

「すごい音だったなあ」

「あのくらいの音の大きさになると、物理的に『痛い』って感じなんだねえ。文字通り、身体が痛かったよ」

安堵《あんど》を覗《のぞ》かせておしゃべりをする客たちをよそに、職員たちの表情はまだ険しいままだった。慌ただしく行き交う人々。極力冷静を装っているが、皆目が笑っていない。青ざめているというより、顔が白く浮かんでいるように見える。

何かが起きた。そして、まだそれは継続している。康久はそう感じた。

やがて、入国審査官が窓口を閉め始めた。席を立ち、ブースを出てぞろぞろ歩いていく。並んでいた人たちの顔に「えっ？」という表情が浮かぶ。

「どうしちゃったの？」

「なんで閉めちゃうの？」

「急いでるんだ」

戸惑《とまど》いの声と、抗議の声が上がり始める。

「しばらくお待ちください」

職員の一人がそう叫んだが、彼女も足早に立ち去っていった。

「何がどうなってるの？」

「嘘《うそ》だろー」

「困るよー」

不満の声がそこここから上がるが、職員たちも同じくらい不安に駆られていることが、彼らの表情や、肩を抱くようにしている仕草で窺《うかが》えた。

康久は、それでも前の青年から目が離せなかった。

今や青年は傍観の構えとでもいうのか、とても静かに佇《たたず》んでいた。あきらめの表情、という感じもする。

「何があったんでしょうね？」

康久はそう声を掛けていた。

最初、青年は声を掛けられたことに気付いていないようだった。

「どうしたんだと思います？」

もう一度そう言うと、ようやく彼は康久を見て、ハッとしたような顔になった。

「ああ、すみません。ぼんやりしてて」

飄々《ひょうひょう》とした声だった。長身の割に高い声である。

「すごいサイレンでしたね。あんなの初めて聞きました」

康久は続ける。

「僕もです。びっくりしましたよ」

青年は淡々と答えたが、康久は「嘘だ」と思った。

君はちっとも驚いていなかった。まるであのサイレンが鳴ることを知っていたみたいだった。

そう口に出して尋ねてみたかったが、なんとなく彼にはそれが憚《はばか》られる雰囲気があった。

「こんなふうに、お客を大勢ほったらかしていなくなるなんて、いったいどんな事情なんでしょうね」

康久は誰にともなく呟いた。

周囲の人々は不穏な表情でざわざわしている。まだ怒りより不安が勝っているようだが、じきに怒りのほうが勝るようになるだろう。人間、待たされることよりも情報のないことに苛立《いらだ》つものである。

みんながスマートフォンやタブレットを操作し始めた。何かネットに情報が上がっていないかと探しているのだろう。

しかし、やがて口々に声が上がった。

「あれ？」

「繋《つな》がらない」

「どうして？」

康久もスマートフォンを見てみたが、通信エラーになっている。

「輻輳《ふくそう》現象かな」

「どうでしょうね」

青年はチラッと康久が手にしている端末に目をやると、そう低く呟き、リュックに下がった零戦のストラップを大きな手で弄《もてあそ》び始めた。

「――長い一日にならなきゃいいけど」

2

サイレンの音が鳴る少し前、大島凪人《おおしまなぎひと》は空港に到着するたびに馴染《なじ》みになった軽い憂鬱《ゆううつ》に襲われていた。

また時間喰《く》わなきゃいいが。

自分の身なりを見下ろし、せめてシャツの裾を引っ張ってみる。

大島凪人、彼を知る人たちからは「ペルソナ・ノン・グラータ（好ましからぬ訪問者）」と呼ばれる男。

別に本人は危ない商売をしているわけでも、実際怪しいことをしたことがあるわけでもない。大手出版社でそこそこ偉い地位にある、ごく普通のサラリーマンである。

しかし、彼には、実に個性的かつ不幸な特徴があった。なぜか他人に「怪しい」と思わせてしまう、という特徴が。

ただ自転車に乗って近所のレンタルビデオ店に向かっているだけ、あるいはぶらぶらと散歩しているだけなのに、見回りの警察官に止められ職務質問されてしまう男。ホテルのフロントに立ち、チェックインしようとすると、そっとマネージャーが指名手配犯のリストを確認してしまう男。

そして、どこの国のどの空港に行っても必ず入管と税関で止められる男。それが大島凪人である。

本人をよく知る友人ならば、至って真面目《まじめ》で温厚な男だと太鼓判を押してくれるだろう。数年に一回、大爆発を起こすと一週間くらい切れっぱなしになることはあるが、めったにあることではないし、むしろ一般人に比べてずっと感情の波のない男であると。なにしろ、名前に「凪」とあるくらいである。

だが、彼の友人とある日久しぶりに繁華街で待ち合わせをしていたら、開口一番、「俺でも止めるなあ」と言われてしまった。

友人はかつて麻薬取締捜査官をしていたという異色の経歴の男なのであるが、怪しい人間というのは、五十メートル先に現れて目にした瞬間にもう分かるという。

「おまえはまさにそれだ」という友人に、「いったいどこがまずいんだ。具体的に言ってくれ」と詰め寄ったのだが、彼は考え込み「うーん、言語化しにくいんだけどさ、とにかく挙動不審としかいいようがないんだよなあ」と真顔で答えた。

友人に言わせると、何か疾《やま》しいところのある人間、密輸等何か法に外れたことをしようとしている人間は、その佇まいに違和感があるという。よく警察ドラマなどで容疑者を「シロ」「クロ」と呼ぶが、実際疾しい人間は視界に入ってきた時に、不思議と紗《しゃ》がかかったように暗く見えるのだそうだ。

「別におまえは暗くは見えないんだが、違和感があるんだな。おまえ、きょろきょろするだろ」

「そうかな」

凪人はぎくりとする。

彼は子供の頃から「落ち着きがない」と必ず通信簿に書かれていた。「好奇心旺盛」という言い方もできるのに、と子供心にも不満に思ったものだ。

「いろんなものが気になるんだよ。そのほうが身の安全を守るにはいいだろう」

「そりゃそうだ。でも、おまえ頭と肩が不自然によく動くんだよね。大きな動きじゃないんだけど、それが目につくんだ」

「そうかな」

凪人は驚いた。自分ではじっと観察しているつもりだったのだ。

「それになあ」

友人は言いにくそうに凪人の恰好《かっこう》をちらりと見た。

彼の言いたいことは分かっていた。

凪人はきちんとした恰好が苦手で、人生のほとんどを柄物のシャツとコットンパンツで過ごしてきたのだ。髪もずっと肩くらいの長さにしている。そして、彼の着るシャツはなぜか周囲に不評なのである。

「あんたが着てるシャツ、いったいどこで売ってるの？」

古くからの女友達に聞かれ、有名ブランドの名前を答えると、「ええっ、○○○（ブランド名）って、こんな趣味悪い柄作ってるの？」と驚かれたほどだ。

それでも若い頃はまだよかった。世間は若者が奇抜な（と思える）恰好をしていても、寛容に見逃してくれる。

しかし、四十代に入ると周囲の目は厳しくなってきた。このごろでは、むしろ痛々しい、見てはいけないものを見ている目つきになってきたような気がする。

元々若白髪《しらが》気味だったのが、七対三くらいで白髪が勝るようになり、無精髭《ぶしょうひげ》にも白いものが混じるようになった。

中年を迎えて感じるのは、太陽光線の熾烈《しれつ》さである。若い頃は夏の陽射《ひざ》しが大好きだったのに、今は歩いているだけで目や肌に痛みを感じるほどだ。趣味の釣りをしていても、水面の反射がよりつらく感じられるようになった。

そこで、普段からサングラスを愛用するようになった。

すると、繁華街が歩きやすくなった。明らかに、向かい側から歩いてくる人間が彼を避けるためである。こりゃ楽でいいやとそのままにしていたら、それまで以上に職務質問される機会が増えた。更に、久しぶりに別れた妻と娘に会った時、凪人を目にした瞬間凍りついたように絶句した。

「ねえパパ」

別れ際、娘の梨音《りおん》は言葉を選びながら言った。

「パパってさ、象さんみたいに結構可愛《かわい》い目してるんだから、サングラスで隠すのってもったいないと思うよ」

大人になったなあ。凪人はそう実感した。

恐らく、娘は母親に「パパのあのサングラス、やめるように梨音から言って。パパ、あんたの言うことなら聞くから」と指示されたのであろう。

だから、それ以来人前ではなるべくサングラスを掛けないようにしている。

その一件に些《いささ》か傷ついた凪人は、いっとき「きちんとした」恰好をしようとした。しかし、スーツを着てみると、なにしろ全く着なれていないので、借りてきた服のように似合わないのだ。かえって別の意味で怪しくなってしまうのと、上下揃《そろ》いというのが気持ち悪くて耐えられず、ひと月もしないうちにやめてしまった。

だが、今日はこんな天気なのに、凪人はサングラスを掛けたまま通路を歩いていた。

もともと季節の変わり目によく眼が腫《は》れるたちだったのだが、今回の出張で二日近くろくに眠れなかったところに無理をしたのが祟《たた》ったのか、ここ数年記憶にないくらいに眼が腫れあがってしまった。しかも、それが殴られたみたいに見えるので、見苦しいことこの上ない。機内では窓際の席だったのでずっと窓側を向いていたが、降りる時にサングラスを掛けた。できればこのままなるべく顔を見せないように帰りたいと思っていたのだ。

そんなわけで、突如凄まじいサイレンが鳴り出した時、なぜか凪人は自分がサングラスを掛けているのを見咎《みとが》められているような気がして、慌ててサングラスを外してしまったのである。

急に立ち止まった凪人の腰にごつんと子供の頭が勢いよくぶつかったので「わっ」とつんのめる。

姿勢を立て直して振り向くと、凪人にぶつかった反動で床に投げ出された小さな男の子が、どしんと尻餅をつくのが見えた。

慌てて駆け寄って助け起こす。

「ごめんごめん、ボク、痛かったね？」

助け起こされた少年はきょとんとした顔で凪人を見た。色白でそばかすがあり、黒目がちの眼をしていてどことなく齧歯《げっし》類系の小動物を思い起こさせる顔だ。

目が合った瞬間、凪人は頭の中に何か鋭く青っぽい光がパッと射し込んできたように感じた。

えっ？

一瞬混乱したが、すぐに消えたのでたちまち忘れてしまう。

「その子、だれ？」

「え？」

聞き返したが、少年はぼんやりとこちらを見ているだけで反応しない。

が、やがてみるみるうちに表情が歪《ゆが》み、両目が真っ赤になって涙が溢《あふ》れ出し、ひくひくと身体を震わせ始めた。

「えっ、ボク、どこか痛いの？」

怪我《けが》でもしたかと肩をつかんで後頭部や足に目をやるが、少年は無言で震えるばかりである。

「きよと、どうしたの？」

母親らしき若い女性が駆け寄ってきた。

といっても凄まじいサイレンでよく聞こえなかったのだが、子供の名前を呼んでいることは分かった。

「すみません、この子、目を離すとすぐにふらふらといなくなっちゃって」

と、母親がハッとして足を止め、表情を凍りつかせた。凪人の顔を注視するうちに、まるで潮が引くように血の気が引いていく。

そこで初めて、凪人は自分の顔がたいへん見苦しくなっていることを思い出した。

母親は転がるようにして少年に駆け寄ると、凪人の手からむしりとるようにして抱きかかえた。

「ええと、その、これは、ものもらいでして。決して、その、」

凪人は動転して言い訳めいたものを口にしていたが、相変わらずサイレンが鳴り響いていて何も聞こえない。周囲の客も、凪人の顔を見て遠巻きにしている。

まずい。この状態、俺、いつにも増してものすごく怪しい。

全身に冷や汗がどっと噴き出してきた。

母親と少年は同じ怯《おび》えた表情で凪人を見ていたが、どうしようもないので「失礼」と再びサングラスを掛け、そそくさとその場を離れることにした。

それにしても、いったいなんなんだこのサイレンは。

母子と離れてようやくそう考える余裕が湧いてきた。

周りの客たちも足を止め、耳を塞ぎ戸惑った表情で情報を求めて右往左往している。

突然、サイレンが止んだ。

鳴り出した時と同様あまりに唐突なので、誰もが面喰らった表情である。

「なんだったんだ」

「誤作動じゃないの？」

周囲を見回す人々。

「あー、うるさかった」

「目が覚めた」

ぼそぼそと囁《ささや》く声がする。

今のは火災報知器の警報とは全然違う音だったけどなあ。あんなサイレン、聞いたことがない。

進んでいくと、前方に人だかりがしている。入管手続きのところに待っている人が溜《た》まっているらしい。

「うわー、混んでるー」

「台風で到着便が詰まってたからじゃない？」

「誰よ、日本に着く時はもう台風通過してるって言ったの」

どちらにせよ、ずいぶん待たされそうだ。

嘆息しつつ、凪人の脳裏にふとさっきの男の子の声が蘇った。

その子、だれ？

しっかりした声だった。確かに、あの時あの子はそう言った。

その子、だれ？

考えてみるとおかしな台詞《せりふ》だ。凪人に対して「誰？」と言ったのならまだ分かるが、「その子」というのは？

あの時、周りに彼以外の子供は見当たらなかった。いったい誰のことを「その子」と言ったのだろうか。

あのまっすぐにこちらを見据えた眼。口から出まかせを言っているとは思えなかった。確かに何かを見て、そう言ったのだ。

「その子」と言うからには、大人ではない。彼から見てそんなに歳《とし》が離れていないと考えるべきだろう。しかも、彼ははっきりと俺の眼を見て「その子、だれ？」と言った。なぜ俺の顔を見てああ言ったのか。もし俺の肩越しに誰かを見ていたのなら「あの子」と言うのではないだろうか。だがあの時俺の肩越しに誰かが見えたのなら、それは天井のほうということになるのだが――

まさか霊が見える、なんて言うんじゃないだろうな。

そう思いついて凪人は苦笑した。

あのくらいの歳の子は、時々あらぬ方向をじっと見ていたりする。明らかに目で何かを追っているのに、何を見ているのか大人にはちっとも分からなかったりするのだ。

そういえば、梨音もあのくらいの歳の頃、しょっちゅう何かを「見て」いたらしく、妻が気味悪がっていたことを思い出した。

梨音。

凪人はぎくりとした。

あの時、ひょっとして俺は、梨音のことを考えていたのではなかったか？

不意に背中を冷たいものが這い上がってきた。

サイレンが鳴った時、誰かにレッドカードをつきつけられたような気がして、俺は慌ててサングラスを外した。大島さん、サングラスは掛けないと誓ったはずじゃないですか。お嬢さんと約束したのでは？

なぜか、あの時の梨音の顔が浮かんだ。

パパってさ、象さんみたいに結構可愛い目してるんだから、サングラスで隠すのってもったいないと思うよ。

反射的にあの顔を思い浮かべていたのだ。

遠回しに、父親を傷つけまいと苦慮していたあの表情。

あの時の梨音はまだ中学生だった。

妻に似て小柄できゃしゃな子だし、見た目は子供っぽい。

まさかさっき、あの少年は俺が思い浮かべていた梨音のことを言っていたのだろうか？

中学生当時の梨音を俺の中に「見て」、彼女のことを「その子」と言ったのではないだろうか。

凪人は長く伸びた列の後ろに並びながら、その説を検討してみた。

突飛な思いつきだというのはじゅうじゅう承知している。普段から霊感とか超能力とかを信じているわけでもない。

だが、確かに目が合った瞬間、鋭く青い光を頭の中に感じた。あれがただの気のせいだとは思えない。

凪人は、そっと後ろを振り向いた。あの母子の姿を探す。

入管に向かう列はどんどん伸びていた。先頭も見えないが、最後尾も見えないくらい、ぎっしり並んでいる。

いた。今はしっかり手を繋いでいる。二人とも、大きなリュックを背負っている。

さっき、あの子はリュックを背負っていたっけ？　いや、背負っていなかったはずだ。きっとあの時は母親が息子の分も持っていたのだろう。

こうして見ると、なんだか二人は疲れ切った様子だった。同じ便だったとすると、十時間近いフライトだったのだから、子連れでは大変だろう。観光帰りという感じではなかった。父親が向こうに単身赴任をしていて訪ねていった帰りとか、あるいはずっと向こうで暮らしていて、母親の実家に久しぶりに里帰りをするところ、という感じである。

ふと、少年は凪人の視線に気付いたらしく顔を上げた。こちらはサングラスをしているというのに、勘のいい子だ。さっき人の顔を見て怯えて泣いたのをもう忘れたらしい。最初に目が合った時のように、不思議そうな目でこっちを見ている。

おかしな子だ。

凪人は肩をすくめ、そっと目を逸《そ》らした。

やれやれ、今日は空港を出るまでどのくらい時間がかかることやら。

そう考えたとたん、腫れた眼がずきずき痛み出した。彼がその痛みに不吉なものを感じたのは間違いでなかったと知るまでには、まだしばらく時間があった。

3

岡本喜良《おかもときら》は、サイレンが鳴ったのに驚かなかった数少ない人間の一人だった。なぜかと言えば、彼は飛行機から降りた時も、強力なノイズキャンセリングシステムのスイッチを入れたヘッドフォンを装着したままだったからである。

あーあ、もう着いちゃった。

いつもの落胆を味わいつつ、喜良はのろのろ通路を歩いていた。

乗り込む時の高揚感に比べて、降りる時のこのどんよりした気持ちはどうだろう。

ずーっと飛行機の中で暮らせればいいのになあ。

喜良はかなり真剣にそう考えていた。

六歳で初めて飛行機に乗ってから、彼はずっとこの乗り物に魅了されてきた。長じて海外での仕事を積極的に増やすようになったのも、今にしてみれば無意識のうちになるべくたくさんこの乗り物に乗っていたかったからなのではないかと思うほどだ。

パイロットになりたいと思ったことはない。彼はあくまでも乗客として、高度一万メートルの上空で窓から雲を見下ろしながら、いつまでも飛行機で運ばれていたいだけなのだから。

あの、ふんわり敷き詰められた雲のじゅうたんの上にいる時の浮遊感が好きだ。

夜を追い越し、緩やかな弧を描く地平線の向こうから朝がやってくる。サッと曙光《しょこう》が射したと思ったら地表の水がぴかぴか輝き出す。

その光景をじっと見つめていると、いつもわくわくする。たいがいその瞬間、周りの客は眠りこけているので、夜明けの空を独り占めしているように思えるのも気に入っている（喜良が不眠症気味ということもあるのだが）。

あの上空にいる時のゴーッという音も嫌いではないけれど、最近は仕事に集中できるようにノイズを遮断できるヘッドフォンを着けるようになった。気分を上げていくためにお気に入りの音楽を聴いていることもあるが、興が乗ってくると無音状態にしたままのことも多い。周りの景色が音を消したTVみたいに見えるのはちょっと不思議な感じである。

喜良にとって、飛行機の中は書斎でありレストランであり寝室だ。いろいろなデザインのアイデアが浮かぶ仕事場でもある。

着陸する時もぎりぎりまでデザインのスケッチを描いていたので、ヘッドフォンを外さないまま降りてきてしまった。ヘッドフォンを外していないことにも気付いていなかったくらいだ。

欠伸《あくび》をしながら歩いていると、空が真っ暗なのが目に入る。超大型台風が接近中だと言ってたっけ。

思わず足を止め、おどろおどろしく垂れ込める黒い雲を眺める。

それにしても、まさか二十一世紀になっても傘を使っているとは思わなかったなあ。

空を見上げながらぼんやり考える。

宇宙旅行の実現が間近に迫り、町はこんなに未来っぽくなっているというのに、雨が降ったらやっぱり傘。風に飛ばされそうになったり、足元がびしゃびしゃになったりするのは依然としてそのまま。なんだか納得がいかない。

傘自体、もうゆうに千年以上同じ形だし、むしろデザインなんかは江戸時代の蛇《じゃ》の目傘《めがさ》のほうがよっぽど洗練されているくらいだ。こうしてみると、進歩というのはいったいなんなんだろうと思ってしまう。

ふと、隣でやはり立ち止まって窓の外をじっと眺めている中年女に気が付いた。

ダンガリーシャツにジーンズ。ぼさぼさの日に焼けた髪。赤いフレームの眼鏡。

見覚えがある。同じ列の真ん中で爆睡していた女だ。自分がよく眠れないせいもあるが、熟睡している人間を見ると羨ましいのと憎たらしいのと半々の複雑な気分になる。

その女は、なにしろ離陸する時にはもう腕組みした上にうなだれるようにして眠り込んでいた。ずっとあのポーズでは苦しくないだろうかと気になるくらい、ピクリとも動かずそのポーズで眠り続けた。しかも、掃除機みたいな音がすると思ったら、それは彼女の鼻の辺りから聞こえてくる盛大ないびきだった。しかし食事の時はがばりと起き上がり猛然と短時間ですべてをたいらげ、それから再び熟睡モードに入ると、着陸までまったく目を覚まさなかったのだ。

長時間眠るのには体力が要《い》る。失礼ながら、結構歳なのに、よくあんなに眠れるなあと印象に残っていたのだ。

女はすっかり目が覚めた様子で（まあ、あれだけ爆睡すれば当然だろう）、食い入るように暗い空を見つめていた。

忌々《いまいま》しげに舌打ちするのが目に入る。

次の瞬間、彼女は何かに打たれたかのように全身をしならせると、ギョッとした顔でこちらを見た。

それがサイレンの鳴り出した瞬間だった。

ヘッドフォンをしていても、肌にぶつかる震動で何か大きな音が響いているのは分かる。周囲の人々も天井を見上げ、互いに顔を見合わせていた。

喜良は少しだけヘッドフォンを浮かせてみる。

と、凄まじいサイレンの音が飛び込んできたので慌ててまたヘッドフォンを着けた。

「なんだこりゃ」

いつ果てるともないサイレンを遮断し、喜良は動揺する人々をミュート状態の中で眺めていた。

爆睡女は耳を塞ぎ、訝《いぶか》しげな顔でじっとしている。周囲を観察する様子を見ていると、かなり冷静で肚《はら》の据わった人物のような気がした。

が、突然音が止んだのが分かった。

みんなの表情と、そろそろと動き出したことからそうと知れたのである。

喜良はヘッドフォンを外し、首に掛けた。

ざわざわしていたが、再び人の波が進み始めた。

今のはなんだったんだろう。あんなサイレン、これまでにどこの空港でも聞いたことがない。いや、待てよ。ずっと昔、ああいうのをどこかで——

何かを思い出しそうになったが、するりとどこかに消えてしまった。

ともあれ、前に進むが、人だかりがしていてたちまち進めなくなってしまう。

「ダメだ」

隣で呟く声がして、喜良はあの爆睡女がそばにいたので驚いた。スマートフォンを手にしている。

「通じない」

顔を上げ、喜良を見る。

周囲もざわざわしている。喜良も慌ててスマートフォンを取り出したが、通信エラーになる。

「サイレンが鳴る前までは繋がってたのに」

誰かがボソボソと呟いた。

サイレンが鳴る前までは。

喜良はそれが引っかかった。

あのサイレン、ひょっとして――

そう考えた時、どんっ、という鈍い音がした。

そちらを振り向くと、床に重たそうなビジネスバッグが落ちていた。

バッグのそばに立っている、持ち主らしき人物に目をやる。

大柄な年配の白人男性が胸を押さえて床にくずおれ、ひざを突いた。

大きく見開かれた青い瞳。ぽかんと口を開け、つかのま喘《あえ》いだかと思ったら、上半身をねじるようにして床に倒れ込む。

心臓発作だ。

男性の周りがパッと開けた。まるでそこだけスポットライトが当たっているみたいに丸く周囲から浮き上がっている。

が、そこに素早く駆け寄った影があった。

あの爆睡女である。

倒れた男の耳元に呼びかけ、目を覗き込み、仰向《あおむ》けにして頭を反らす。既に男性の顔からは表情が消え、反応がない。

女はしばらく男の上にかがみ込んでいたが、パッと顔を上げ、ぐるりと周囲を見回すと、なぜか喜良をひたと睨《にら》みつけた。

「君！　ＡＥＤ取ってきて」

「え？　僕？」

喜良は自分の顔を指さし、棒立ちになった。

「早く！　向こうにある！　駆け足！」

人間には二種類いる。他人に命令することに慣れている人間と、命令されたことしかない人間と。

喜良は性格的には後者のタイプなので、仕事でもせいぜい「指示」か「お願い」しかしたことがない。

この女は明らかに前者のタイプである。

反射的に身体が動いて、喜良は女が目で示した方角に走り出した。

確かに、白い壁に赤いハートマークがあり「ＡＥＤ設置場所」の矢印がある。全然気付かなかった。

あの人、きっと医療関係者だ。でなければ、ＡＥＤがどこにあるかなんていちいち気にも留めないだろう。

人の波と逆流して戻り、壁に取り付けられた箱を開けると、アラームが鳴り出したのでぎょっとする。人の眼が集まるが、構ってはいられない。中の赤いケースを引っ張り出し、元来た方向に駆け出した。

遠巻きにしている人たちの中で、シャツの胸をはだけた男の上にあの女が乗っかるようにして心臓マッサージをしているのが見えた。

喜良の姿を認めると「開けて！」と叫ぶ。

喜良はそばに駆け寄ると女の横にひざまずき、ケースの蓋を開けた。

「よし」

音声ガイダンスの案内を待ちきれぬように、女は手を止めて中のパッドをひっぺがし、素早く男の胸と腹に貼り付ける。

機械が心電図をチェックし、「充電しています」という音声が流れた。

「離れて！　君も、下がって！」

女が大きく手を振ったので、喜良は慌てて立ち上がり、その場を飛びのいた。周りにいた通行人も同様である。

女が機械のボタンを押す。

沈黙。少し遅れて、横たわる男の身体がピクリとほんの少しだけ動いた。

なんだ、こんなに静かなのか。

喜良は拍子抜けした。TVドラマ『ER』やなんかで患者に電気ショックを与えるところを見ていると、バシンとものすごい音がして患者がベッドの上で跳ね上がる。てっきりそういう場面を予想していたのだ。

周囲からも気抜けと安堵が入り混じった溜息が漏れた。

女は再び心臓マッサージを始めた。

遠巻きにしていた人たちが少しずつ動き始める。まだ数人が残っていたが、喜良は行きがかり上、そのまま動けずに女の動きを見守っていた。

ずいぶん強い力で押すんだなあ。骨が折れちゃうんじゃないか？

喜良が心配になるほど、女は満身の力を込めて男の胸を押し続けていた。

「変だ」

「はい？」

女がチラッと喜良を見上げた。手は休めない。赤いフレームの眼鏡の奥に、訝しげな表情が浮かんでいる。

「誰も来ない」

女がそう呟いたのに反応したかのように、男がぶるっと全身を震わせ、くぐもった声で何事か叫んだ。

「わっ」

女も喜良もパッと男から離れた。

のけぞっていた男の頭が動き、喉の奥に鈍い音がしたと思ったら、目が大きく見開かれ、みるみるうちに顔に血の色が差してきた。

短く咳《せ》き込み、はあああと長い呼吸音。再びぶるっと全身が震え、一瞬足が宙に浮いた。

蘇生した。

女と喜良と、数人残っていた通行人も、長い安堵の溜息をつく。

男は瞬《まばた》きを繰り返し、自分がどこにいるか確かめようと周囲に目をやり、肘をついて身体を起こそうとした。

「動かないで！　ここは空港です。あなた、倒れたんです」

女がそれを止めると、男はぼんやりした目で女の顔を見た。

日本語が通じないと思ったのか、女は英語で同じ内容を繰り返す。

「いえ、分かってます」

男はかすかに首を振り、流暢《りゅうちょう》な日本語で答えた。

「着いた時はなんともなかった。あのサイレンを聞いてたら急に胸が苦しくなって」

「初めてじゃないでしょ、こういう症状」

男は力なく頷《うなず》くと、起き上がろうとするのをあきらめ、力を抜いて横になった。が、「私のカバンは」と思い出したように叫び、再び身体を起こそうとする。

「そこにありますよ」

喜良は少し離れたところに転がっているビジネスバッグを取りに行き、男のそばに持ってきて置いた。

「ありがとう」

男はホッとしたように手を伸ばし、カバンに触れた。

「動いちゃダメ。前にもやったことがあるのなら分かるでしょうけど、このあとが大事なんだから」

男がカバンを引き寄せようとするのを牽制するように、女は両手を広げて押さえる仕草をしてみせ、周囲を見回した。

「――やっぱりおかしい」

「おかしいって何が？」

　喜良は思わずそう尋ねていた。

「誰も来ない。そう遠くないところに警備員がいるはずなのに。ほら、まだアラームが鳴ってるでしょう」

　女の視線の先を見ると、喜良が持ち出したＡＥＤの入っていた作り付けの箱のところで、まだピーピーしつこくアラームが鳴っている。さっきのサイレンに比べたら微々たるものだが、それでも甲高い、耳障りな電子音である。

「あの箱を開けるとアラームが鳴るようになってるの。もちろん、警備室にも連絡が行く。ＡＥＤにはＧＰＳも付いてるから、空港内のどこにあるかも把握できるはず。当然、ＡＥＤを使うような非常事態にあるんだから、真っ先に駆けつけてきても不思議じゃないんだけど」

「確かに」

　喜良も辺りを見回した。やってくるのは降りてきた客だけ。ちらりとこちらを一瞥《いちべつ》して、どんどん通り過ぎていく。

「誰も来ませんねぇ。さっきのサイレンにしても、フツー、火災報知器なんかが鳴ったら、誤作動だったとか、調査中だとか、放送で言いますよねぇ。それもない」

「なんで？」

女は首をかしげた。

「――私は大丈夫です」

横になった男が呟いた。

「もう少ししたら動けます。前の時もそうでした。救急車はいりません」

「ダメです」女がぴしりと言った。

「前回は大丈夫でも、今度はどうか分からない。病院に搬送するから、待って」

「でも、大事な仕事が」

「心臓が止まったら、仕事もできないでしょうが」

「僕、誰か探してきますよ、空港職員」

喜良はそう言って立ち上がった。この男はかなり大柄だから、担架もなしに運ぶのは無理だろう。

「お願いできる？　君、大丈夫？　時間あるの？」

「大丈夫です」

喜良はそう頷いて歩き出した。

確かに、男は今回も大丈夫だった――彼はその後、無事仕事に復帰した。大事な仕事にも間に合った。

しかし、喜良と女のほうは違った――いろいろな意味で、ちっとも大丈夫ではなかったのである。

4

サイレンが鳴った時、そしてサイレンが鳴り終わった時も、成瀬《なるせ》幹柾《みきまさ》はまだトイレの個室の中にいた。

幹柾は仕事の必要上長年我慢して乗っているのだが、未《いま》だに飛行機が苦手である。

そのことを打ち明けると、皆「酒飲んでさっさと眠っちゃえばいいんだよ」と言う。

しかし、幹柾は酒に強い上に緊張しているので、どれだけ酒を飲んでも頭は冴《さ》えたままだ。

自分でも、いい加減慣れればいいのにとうんざりするほど、毎回新鮮に飛行機が怖い。尾籠《びろう》な話で恐縮であるが、飛行機に乗る数日前から必ず便秘になってしまうのである。だから、飛行機を降りると安堵のあまりつい催してしまい（日本に帰ってきた時はなおさらだ）、飛行機を降りるや否やいちばん近いトイレに飛び込むことになる。

しかも、今回の帰国では可愛がっていた甥《おい》の結婚式のスピーチという大役が待っていた。

ゆえに、機内でずっとスピーチの内容を考えられたのはいいのだが、あれこれ内容について悩んでいるうちにうっかりデザートを食べてしまった。てっきりヨーグルトだと思って口にしたら、なんとそれはてんこ盛りの生クリームだったのだ。

今どきこんな激甘の生クリームがあったのか！　目いっぱい飲み込んじまったじゃないか。

彼は生クリームとは相性が悪く、その後着陸まで胸やけに悩まされ、便秘なのに腹を下しかけているというたいへん矛盾した苦しい状態に追い込まれていたのだ。

ゆえに、今回も飛行機を出た時はいつにも増して切実にいちばん近いトイレに駆け込み、ごま塩頭に脂汗を流して長らく呻吟《しんぎん》する羽目に陥った。

サイレンが鳴った瞬間、飛び上がったものの離れるわけにいかず、ようやく青ざめた顔で個室を出たのはサイレンが鳴り止んでから更にたっぷり五分は経《た》ってからであった。

なんのサイレンだったんだろう。

手を洗い、汗を拭いながら鏡を見ると、別の個室のドアが開くのが見えた。

幹柾はおや、と思った。

彼がトイレに飛び込んだ時、個室で塞がっていたのは奥から一つ手前の一か所だけで、彼が個室に入っている間も誰かが新たに入ってくる気配はなかった。

つまり、あの個室には彼が入る前から誰かがいて、今彼よりも後に出てこようとしている。

きっと彼のように、お腹を壊していたのだろう。幹柾は同情と親近感を覚えた。

出てきたのは、ひょろりと背の高い、若い外国人男性だった。ナイロン素材のリュックを背負い、灰色のパーカーを羽織っている。

銀縁の眼鏡と焦げ茶がかった口髭《くちひげ》が目に入る。

気になったのは、彼がパーカーのフードを深くかぶっていることだ。外ならともかく、建物の中であんなに目深《まぶか》にフードをかぶる必要はあるまい。

そう思ってなんとなく見るともなしに注目していたら、青年は数回口元を押さえて咳《せき》をすると、幹柾の視線を避けるようにしてさっさと廊下に出ていってしまった。

手も洗わずに。

日ごろ衛生管理にうるさい幹柾はそのことも気になったが、青年の後に続くようにしてトイレを出た。

青年は、パーカーのポケットに両手を突っ込み、のろのろと通路を進んでいく。

幹柾はその歩調も気になった。なんだかやけに気が進まない様子なのである。ぐずぐずしている感じは、まるで日本に入国するのを渋っているようにすら見えた。

妙だな、この男。

幹柾はその背中を見ながら、自分が感じていることに当てはまる言葉を探した。

なんというか――たとえば、この先嫌な仕事が待ち受けていて憂鬱だ、というような場合でも、こんな感じじゃない。

そう、この男には目的が感じられないのだ。観光、仕事、あるいは極端な話、犯罪だとか。そんな「何か」をしたいという意志が全く感じられない。

そんなことがあるか？　パスポートを持ってわざわざ飛行機に乗り、どこかに出かけていくのに目的がないなんてことが？

幹柾は首をひねりながら、青年の後ろを歩いていた。

が、突然青年がぴたりと立ち止まったので慌てて彼も立ち止まった。

前方を覗き込むと、白人男性が倒れているのが見えた。意識はあるようで、隣に座り込んだ女性と話をしているのが見える。顔色も普通だし、大丈夫そうだ。

隣にＡＥＤのケースがある。そういえば、何かピーピー鳴っている音がしたな。振り返ると壁のＡＥＤケースの箱が開いていて、音はそこから聞こえているのだと気付いた。

青年もちらっとそちらを振り向くと、再び歩き出した。幹柾もそれに続く。

が、またしても立ち止まる。それに倣《なら》い、幹柾はまたしても青年の前方を覗き込んだ。

人が溢れている。

入管のスペースからはみ出した列が、通路まで伸びていた。というよりも、もはや列ではなくごちゃごちゃになっている。

　辺りは騒然としていた。背伸びをして前を窺う人たち。不審そうな顔を見合わせ、何事か話し合っている人たち。無言で不機嫌そうに並んでいる人たち。携帯電話やタブレット端末を見ながらしきりに首を振っている人たち。

　ずいぶん混んでいるなあ。台風で飛行機の到着が続いたからだろうか。にしても、全然進んでいないように見えるのは気のせいか。

　そう思いつつ、何気なく窓の外に目をやると、ちょうど真っ暗な空の奥で強い稲光が走るのが見えた。

　幹柾はハッとした。

　その稲光の中に、黒煙が上がっているのが見えたのだ。

　なんだ、今のは。

　窓に近寄り、目を凝らしてみるが、また真っ暗になってしまってもう何も見えない。

　火事？　落雷で？　まさか。

　炎が見えないかとじっと見つめるが、それらしきものは見当たらない。

　あれはどこだろう。第二ターミナルのほう？　それとも整備地区の辺りか。

　窓に大粒の雨が当たるのが見え、視界が歪んだ。

とうとう降り出したか。台風は今どのへんにいるのだろう。進むスピードがとても遅いと言っていたな。

なにしろ、天気図で見た限りでは、それこそ日本列島がすっぽり収まって更におつりが来そうなほどの巨大な台風である。

まだ相当離れているのに、日本近海じゃあ、さんざん揺れたものなあ。生きた心地がしなかったけど、無事に着陸できてよかった。帰国を一日早めにしといたのも幸運だった。明日だったら下手《へた》すると飛行機も飛ばず、結婚式に間に合わなかったかもしれない。

幹柾は思わず胸を撫《な》でおろした。

「──あのう」

おずおずと声を掛けられ、振り向くと、ぽっちゃりとした上品そうな女性が困惑した様子でこちらを見ていた。

うちの女房くらいの歳かな。いや、もう少しいってるかもしれない。五十五、六というところか。

「何か？」

「携帯電話が通じないんですけど、どうしてでしょう？」

「え」

女性が手にしたスマートフォンを見て、幹柾はまだ自分が飛行機を降りてから電源を入れていなかったことを思い出した。トイレに飛び込むのに必死だったせいである。

慌てて自分のに電源を入れると、たちまち通信エラーのサインが出た。

「本当だ」

「あなたもですか？」

女性は不安そうな顔になった。

「困ったわ、着いたらすぐに連絡入れるよう主人に言われてるのに」

「みんな通じてないみたいですね」

幹柾は、前のほうに溜まっている人たちがそれぞれの端末を見て文句を言っているのは、このためだと気付いた。

「直るんでしょうか？」

「さあ、分かりません。たぶん今みんなが一斉に掛けてるから、電話会社のほうで制限してるかもしれない」

「制限？」

「通じないと焦って一人で何度も掛けたりすると、回線がパンクしてしまいますから、一定数以上は受け付けないようにするんです」

子供の頃はよく通信障害が起きたりパンクしたりしていたものだ。最近ではめったにそういうことは起きなくなっていたのだが。

ふと、あの灰色のパーカーの青年も、携帯電話を取り出し画面を見つめているのが見えた。不審そうな目つきできょろきょろ周りを見ているのは、やはり自分だけではないと確認しているのだろう。

「あら？」

女性が青年に目を留めた。

「どうしました？」

幹柾が尋ねると、考え込む表情になる。

「あの人、どこかで見たことがあるような」

「あの灰色の服の青年ですか？」

「はい。えーと、どこでだったかしら」

「ひょっとして、芸能人ですか？」

幹柾は、その方面に疎い。女性のほうがそっちには詳しいだろう。もしかして、有名な映画俳優だったりするのだろうか。ならば、顔を隠そうとするのもありかもしれない。お忍びというやつか。

「うーん、違うような気がするわ。でも、最近どこかで見たの。私、人の顔は忘れないほうなんだけど」

女性はもどかしそうな表情になるが、青年はまた顔をそむけてしまった。

「誰だったかしら。気になるわ」

女性はそう呟きつつ、恨めしそうにスマホの画面に見入った。まるでそこを睨んでいればその答えが見つかるとでもいうように。

幹柾は、青年の足元に何か白いものが落ちているのに気付いた。きっと、携帯電話を取り出す時に落ちたに違いない。

青年はスッと歩き出し、列の後ろに近寄っていった。

「あ」

幹柾はその白いものを拾い上げる。

それは、小さな半透明のケースに入ったデンタルフロスだった。いわゆる糸巻きタイプと呼ばれるもので、中にぐるぐる巻きになったナイロンの糸が見える。まだ使い始めたばかりなのか、真新しく糸もほとんど減っていない。

手は洗わないのに、デンタルフロスは使うのか。

そんな感想を思い浮かべつつ、幹柾はそれを渡してやるべきか迷った。

もしかすると、彼のものではないかもしれない。たまたまあそこに落ちていたものかもしれないし。

見る間に青年はぐちゃぐちゃになった列の中に紛れ込んでしまい、幹柾はデンタルフロスを上着のポケットに入れた。

そのうち話しかける機会があったら聞いてみよう。よく見る量産品だし、そのへんのドラッグストアで手に入るものだ。失《な》くしたからといってすぐに困ることはあるまい。

「いったいどうしたんでしょうね。ちっとも動かない」

彼の名前を思い出すのはあきらめたのか、さっきの女性が寄ってきて不安そうに囁いた。

「そうですね——何かあったのかな」

あのサイレン。

「困ったわ、主人に連絡しないと」

女性はほとほと弱り果てた様子である。

その顔を見ていると、つられたわけではないだろうが、もう出すものは何も残ってないはずなのに、また下腹が痛み出しそうな気配を感じた。

幹柾はそっと周囲を見回した。

なかなか列は進みそうにないし、もう一度トイレに行っといたほうがいいだろうか。

だんだん前方のざわめきが大きくなってきた。

誰かの怒号が聞こえる。待たされている人たちが不満を口にしているらしい。殺気立った雰囲気がこちらまで伝わってくる。

人いきれで暑くなったのだろう、あの青年がフードを外すのが見えた。

面長の横顔。インド系？　アジア系？　どちらとも取れる容貌である。耳たぶが大きい。すごい福耳だ。福耳という概念が彼の国にもあるとすればだが。

隣で「あっ」と小さく叫ぶ声がした。

あの女性が幹柾の肩をつかむ。

「あの人」

目を丸くして、耳元で叫ぶ。

「思い出した——TVで見た」

「TVで？　なんの番組ですか」

「ニュースよ。何度もやってた」

「ニュース？」

幹柾が聞き返したその時である。

ずううん、と鈍く重い地響きが床を伝わり、下腹に響いてきた。

一瞬「うっ」と痛みを感じたほど、腹にこたえるような、重く激しい、不気味な震動である。辺りが瞬時に静まりかえった。

そしてもう一度、同じような地響きが低く遠くから伝わってきた。

5

「なんだろう、今の」

「爆発音じゃない？」

「やだ、なんの爆発？　どこで？」

それまでの怒号や不満が、一瞬にして不安などよめきに変わった。

小津康久は、じっと足の裏の感触を確かめていた。

今の震動は異様だった。落雷でもないし、天井に下がっているものが全く揺れていないところを見ると、地震でもない。

しかも二度。爆発だとしたら、何かに引火して一度目、それに誘発されたのが二度目だ。もしかして、まだ続きが？

康久は耳を澄ましたが、その後に爆発音が続くことはなく、辺りは静まり返ったままである。

誰もが再び口を開こうとした時、唐突にブツリ、という音がして館内放送が入った。

「お客様に申し上げます。お客様に申し上げます。空港構内にて火災が発生した模様です。ただいま状況を確認しておりますので、その場でお待ちください。繰り返します。空港構内にて火災が発生した模様です。現在状況を確認しております。確認が済むまで、どうぞ今しばらくその場でお待ちください」

同じ内容が英語と中国語で繰り返された。そして、もう一度日本語から繰り返す。

若い女の子のとてもフラットで間延びしたような声である。内容以外なんの情報も含んでいない。焦っているとか、慌てているとか、怖がっているとか、そういう最も知りたいことが伝わってこないのだ。ある意味、プロなのかもしれないが、この場ではそれがかえって不安を煽《あお》る。

しかし、正直言ってプロの冷静さというよりは、まるで、元々用意してあった原稿を棒読みしているみたいだった。

康久は何かちぐはぐなものを感じた。

さっきはあんなに大きなサイレンを長時間鳴らしておいてなんの放送も入らなかったのに、今回はすぐだった。震動を感じて、一分も経ってない。きっとセンサーが感知してそういう表示が出ているのだろうが、これほどすぐに火災だと把握できるものなのだろうか？

「火事なの？」

「でも、少なくともこのターミナルじゃないよねえ」

周囲でぼそぼそ囁く声がする。

まだ不安は消えないものの、放送というリアクションと指示があったことで辺りは少しホッとした雰囲気になった。

しかし、口には出さないが、内心では誰もが皆、同じことを考えているはずである――あの爆発音は、ひょっとして、テロ事件なのではないかと。

国際空港という場所にいて、その可能性を考えない者はいないだろう。

でも、みんな口には出さない。口に出したら本当になってしまいそうな気がするし、認めた瞬間に災いを呼び寄せ、巻き込まれてしまうのではないかと思うからだ。

たまたまそこに居合わせたばかりに巻き込まれた人々の悲劇を、我々はあまりにも見聞きしすぎている。ある日突然、不幸のどん底に叩《たた》き込まれた家族の悲嘆や苦しみが、いつ自分のものになっても不思議ではないと知っている。だから、決して口には出さないのだ。

そう考えると、康久は急に息苦しさを覚え、早く空港を出たくてたまらなくなった。べらぼうに広い敷地を持つ巨大空港とはいえ、潜在的な危険の高い場所であることには変わりがない。とっととこの場所を離れたい。

　緩めるネクタイもしていないのに、康久は喉元を探った。大勢の人が滞留しているので、なんだか暑いし、空気も悪くなっているような気がする。

　しかも、目の前には壁のような背中と黒いリュックが視界を塞いでいて、閉塞感が募ることこの上ない。

　と、不意ににゅっと手が伸びてそのリュックを下ろし、鳥の巣頭がかがみ込んだ。前にいる青年が、しゃがんでリュックの中をまたごそごそと探り始めたのである。落ち着きがあるんだかないんだか、よく分からない男だ。

　康久は、なんとなく彼の肩越しにリュックの中を覗き込むような形になった。ごちゃごちゃ詰め込まれた中身が見える。あまり整頓は得意ではなさそうだ。

　青年はしばらくごそごそしていたが、やがて何かを探し当てたらしく、それを苦労してリュックの中から引っ張り出した。

　黄色いみかんが二つ。オレンジではなく、確かに日本のみかんである。

　青年はリュックの蓋を閉め、足の間に挟むと立ち上がり、突然くるりと康久のほうに振り向いたのである。

　不意を突かれて、康久は驚きの表情を繕《つくろ》う暇もなかった。

「どうぞ」

みかんがひとつ、差し出される。

「は？」

思わず聞き返してしまったが、青年は更にみかんを康久の前に差し出す。

「おひとつ、どうぞ。ここは暑いし、まだ当分飲み物を手に入れられそうにない」

「はあ」

康久は恐る恐るみかんを受け取った。

「ＴＶマンダリン」

青年は、そう呟いてもうひとつのみかんの皮をむき、房のひとつを自分の口に放り込んだ。

「なんですって？」

康久が聞き返すと、青年は口をもぐもぐさせてみかんを飲み込んでから繰り返す。

「ＴＶマンダリン。みかんのことですよ。カナダとか輸出先ではそう呼ばれてる。ＴＶを見ながら指で皮をむけるから」

青年は、更に房を口に放り込んだ。

「ナイフが要らないからいいですよね、みかんは。僕のおばあちゃんは、何度持ち込めないって言っても飛行機にナイフを持ち込もうとして、いつも没収されてました。あの年代の女の人って、必ずリンゴとか栗とか、ナイフが必要な食べ物を旅先に持っていくんですよねえ」

青年がもぐもぐみかんを食べているのを見ていたら、康久も喉の渇きを覚えた。

「では、遠慮なくいただきます」

皮をむくと、柑橘《かんきつ》系の爽やかな香りがして息苦しさが消えていった。房をちぎって飲み込むと、意外なくらいおいしい。確かに、乾燥した機内から地上に降りて、なんだか分からない状況で待たされ、思っていたよりも喉が渇いていたのだ。

「ああ、おいしかった。ありがとう、ご馳走様《ちそうさま》」

康久はあっというまにみかんを食べてしまい、心からお礼を言った。

「どういたしまして。それ、ください」

青年はみかんの皮を康久から受け取ると、リュックの中からくしゃくしゃのビニール袋を取り出し、自分のと一緒に入れてリュックに戻した。

「今シーズン初みかんだったよ。君、これどこで手に入れたの？」

康久はハンケチで手に付いた果汁を拭った。

「ヒースローの売店で、今普通に枝豆とみかん売ってますよ。マレーシアでは売ってませんでしたか？」

頷きかけて、康久はハッとした。

まじまじと青年の顔を見る。

色白の端整な顔だが表情はなく、感情が読めないタイプの顔だ。丸い眼鏡の奥の目は茶色みが強い。

「どうして僕がマレーシアから来たと分かったの？」

さっき少しだけ言葉を交わしたけれど、そんなことは一言も言っていない。

「僕、後ろに目が付いてるんです」

青年が真顔で答えたので、一瞬康久は引いた。

「もちろん、嘘です」と青年はこれまた真顔で言うと、康久の腕時計を見た。

「まだ時差を直してない。マイナス一時間の時差」

つられて自分の時計を見ると、確かにまだ日本時間に直していない。

「マイナス一時間の時差の国で、大企業のエンジニアが行くところ。ロシア、中国、オーストラリア、フィリピン、シンガポール、マレーシア、インドネシア」

青年はすらすらと挙げた。

うん？　今彼は「大企業のエンジニア」と言ったな？　俺のことだ。どうして分かったのだろう？

「その軽装からいって、この時季でも日本よりずっと暖かいところから来たようです。となるとロシアと中国、オーストラリアは除外されます」

青年は続ける。

「次に、この空港にフィリピンとインドネシアからの直行便はありません。だからこの二つの国の可能性は低い。けれど、念のためにこの二つを検討してみると」

康久はあっけにとられたまま彼の話を聞いていた。

「インドネシアは、時差一時間なのはボルネオ島のほう。首都ジャカルタと国際空港があるほうは、日本との時差はマイナス二時間。だから、インドネシアは却下」

青年は眼鏡を外して汚れを指で拭いた。

「フィリピンはどうでしょうか？　フィリピンは国民のほとんどがキリスト教信者です。カトリックの国だから、フィリピンは除外」

「ちょ、ちょっと待って」

康久は青年の話を遮った。

「君、どうして僕が大企業のエンジニアだと分かったの？　それに、フィリピンはカトリックの国だから除外というのはなぜ？」

今度は青年のほうがきょとんとしたが、すぐに「ああ」と頷いた。

「それは、あなたがムスリム国家から来たからですよ」

「え」

康久は驚いた。なぜそんなことが分かるのだ？

「どうして？」

「まずは大企業のエンジニアのほうから説明しますと、至って簡単。シャツの襟に社章が付いてます。タツタ製作所。世界に名だたる大企業です」

康久は反射的に襟を押さえた。

「襟に社章を付けているということは、普段ジャケットは着ないということです。このことからも、あなたが常に暖かい国にいるということが分かります。そして、短期間に焼いたのではない、恒常的な日焼けをなさっている。現場に出ている時間が長い。つまり、事務職ではない」

言われてみれば単純な話だ。

「なるほど。じゃあ、ムスリム国家だというのは？」

「あなたの靴」

青年が康久の靴に目を落としたので、彼も自分の靴を見下ろす。

「長く履いてらっしゃる革靴ですね」

履き込んだ革靴だ。かなりくたびれてきてはいるが、手入れは丁寧《ていねい》にしている。

「足の甲の部分がめくれ上がっている。後ろのほうには、潰れた痕《あと》がある。相当頻繁《ひんぱん》に脱いだり履いたりしているせいです」

ハッとして、踵《かかと》のほうを見ると、確かに潰れた痕のある線が入っていた。

「恐らく、仕事のためにしょっちゅう靴を脱いだり履いたりしているんでしょう。日本ならともかく、外国でそんなにしょっちゅう靴を脱ぐ機会があるでしょうか？」

青年はちょっと間を置いた。

「あります。モスクです。モスクでは、皆靴を脱ぎます。手も足も洗って、綺麗《きれい》にしてから礼拝する。恐らく、工事等でモスクの中に入る機会が多い仕事をなさっているのでしょう。ですから、ムスリム国家だろうと思ったんです」

「それでフィリピンは除外したのか」

「はい。残るは二つ。シンガポールとマレーシア。このうちムスリム国家と呼べるのはマレーシアのほうなので、マレーシアの可能性が高いとは思いましたが、シンガポールも二割くらいムスリムがいるから、可能性はある。どちらでしょう？」

青年は両手を広げてみせた。

「そうしたら、あなたが決め手を出してくれました」

「僕が？」

康久は怪訝そうな声を出した。

「はい。今、手を拭いたハンケチ」

ハッとして自分が握っているハンケチを見る。

「バティックですね。マレーシアの伝統的な、ろうけつ染めをした布です。だから、きっとマレーシアだろうと思いました。以上です」

康久は感心のあまり、拍手をしそうになった。

「すごいねえ、君。シャーロック・ホームズみたいだ」

「ハハハ、実は子供の頃から憧れてたんで、こういうの、一度やってみたかったんです。ご傾聴いただきありがとうございます」

青年は、照れたように頭を掻き、真面目くさった顔で軽く頭を下げた。

「いやあ。面白かった」

康久はしきりに頷いた。

「やってみたかったからといって、そうそう実際にできるわけじゃないだろう。さっきと今と、ほんのちょっと僕を見ただけでそういう結論に達したわけだ。すごい観察力だなあ」

ふと、疑問が浮かぶ。

「だけど、なんで僕にみかんをくれたの？　前の人に上げたってよかったじゃない。あるいは、一人で二つ食べてもよかったのに」

青年の前にいるのは、やはり康久くらいの中年男性だった。全く姿を見ていない後ろにいた康久より、前の人のほうが親しみを覚えるのではないか。

「いいえ、お詫《わ》びの印ですから」

青年は例によって真顔で答えた。

思ってもみない言葉にきょとんとする。

「お詫び？　僕に？　なんで？　何もお詫びするようなことはしてないでしょう」

「いいえ。僕って、この通りでかいんで後ろにいる人に圧迫感を与えるらしくって。こういう列で、ずっと僕の後ろに並んでる人は気の毒ですから」

康久は噴き出した。

なるほど、自分が威圧感を与えることを理解しているわけだ。

「確かに、大きいよねえ。何センチあるの？」

「一九四センチです」

「ふふ、君が大きいおかげでみかんが食べられたわけだ。感謝するよ」

「とんでもない」

青年の顔を見ているうちに、きいてみようという気になった。

「ねえ、君、さっき、おかしなこと言ってたよね」

「え？　僕が？」

今度は青年のほうがぎくっとした。

「何か言いましたか？」

「うん。『まさか、そんな』って言ったよね。サイレンが鳴る前に」

一瞬、青年の目が泳いだ。

「そんなこと言いましたっけ？」

とぼけて逃げようとしている、と感じたので、康久は続けた。

「言ったよ。君がそう言ったあとにサイレンが鳴ったんで、印象に残ってたんだ。何が『まさか、そんな』だったの？　そのあと、こうも言ったよ。『長い一日にならなきゃいいけど』。あれはどういう意味？」

「文字通りの意味です」

青年は考えながらそう答え、つかのま黙り込んだ。が、思い切った様子で囁いた。

「──恐らくあれは、国家警戒レベルが最高級まで引き上げられたことを示すサイレンだと思うので」

6

「国家警戒レベルって」

康久は耳慣れない言葉にゴクリと唾を呑《の》んだ。

「テロの危険があるってこと？」

ついにその言葉を口に出してしまった。

「テロとは限りません。台風かもしれないし、他の何かかもしれない」

青年は低い声で続けた。

「あれはそのことを職員に周知するためのサイレンだと思います。だから、何も説明がない」

確かに、それならばなんの放送もなかったことが理解できる。

「アメリカの空港じゃ、よく今日はレベル幾つの警戒だとかいう話を聞いたけど、日本の空港では初めてだ」

昔アメリカ西海岸に出張に行った時、武装した州兵が犬を連れて空港内を歩き回っていたものものしい光景が脳裏に蘇る。後で聞いたら、その日はテロの可能性が予告されていたという。

「僕もです」

「携帯が通じないのはそのせい？」

「分かりません。外的要因なのかもしれないし、当局があえて止めているのかもしれない」

なんとなくゾッとした。

今や誰もが情報も行動も携帯電話やパソコン等の端末に頼り切っている。それらが繋がらないということは、何が起きているのか全く分からず身動きも取れないということだ。

「さっきの爆発音もそれと関係があるのかな」

「どうでしょう。でも、すぐに館内放送が入ったってことは、当局にとっては想定内の出来事だったような気がします」

「それは僕も同感だな」

あの間髪を入れぬ館内放送。なんの情報もないフラットな声。いったい何が起きているのだろう。

「あのサイレンが警告だとして」

康久は素朴な疑問を口にした。

「それって空港の内側だけの警戒なのかな。それとも、外側でも警告されているんだろうか」

　青年はギクッとした顔になる。

「空港の外側。つまり東京にってことですか」

　康久は首をかしげる。

「いや、東京だけとは限らない。他の空港はどうなのかな？　関空《かんくう》とか。ここだけなんだろうか」

「まさか、そんな」

　青年は康久が初めて彼の声を聞いた時と同じ台詞を口にした。

　それで思い出した。

「そういえば、最初の質問の答えを聞いてないね。どうしてサイレンが鳴る前に『まさか、そんな』って言ったの？」

「それは」

　青年は絶句した。

　と、同時に、ブツリと音がして館内放送が入る。

　それを察して、ざわめいていた周囲がピタリと静まり返った。

「お客様に申し上げます。お客様に申し上げます。先ほどの火災ですが、漏電《ろうでん》によるものと確認し、無事鎮火いたしました。空港施設の一部が焼けましたが、業務に支障はございません。先ほどの火災は、漏電によるものと判明し、既に鎮火いたしました。ご迷惑をおかけしました。まもなく業務を再開いたします。まもなく業務を再開いたします。その場でお待ちください」

続いて英語、中国語、再び日本語。

安堵を含んだざわめきが広がっていく。

「ほんとに火事だったんだね」

「怖がって損した」

本当に火事だったんだろうか。

本当に漏電だったんだろうか。

いったん疑念を抱いてしまうと、勘ぐってしまう自分がいた。ちらりと青年を見ると、彼も冷ややかな表情で放送を聞いている。

「――さっきの質問ですけど」

青年は上を向いたまま口を開いた。

「その理由は、今は言いたくありません」

そろそろと入管職員が戻ってくるのが見えた。待ちくたびれていた乗客から歓迎と非難の入り混じった声が上がる。

「分かった。言わなくてもいいよ」

康久は肩をすくめる。入管が済んでしまえば、もう彼と言葉を交わすこともない。その理由は永遠に分からないだろう。だが、なんとなくそのほうがいいような気がした。

きっと、余計なことは知らないほうがいい。さっきのサイレンが警戒レベルの上がった印だということも、できれば知りたくなかった。

青年は小さく会釈すると、前に向き直った。

壁のような背中を見ながら、康久は彼と交わした会話の内容を反芻《はんすう》していた。つかのまの邂逅《かいこう》。きっと、ここで言葉を交わしたこと自体が奇跡みたいなもので、二度と会うことはないんだろうなあ。

戻ってきた職員たちが、次々とブースに入っていく。その表情を観察してみるが、特に変わった様子はない。こころなしか緊張しているように見えるのは気のせいかもしれない。

列が少しずつ動き始めた。ばらけていた列が徐々に整い、まっすぐな列になっていく。見慣れた入管の風景。列が進むにつれ、私語を交わす人が減り静かになっていった。

しかし、いつもより入念にパスポートをチェックしているのは明らかだった。帰国した日本人ですら、やけに一人に掛ける時間が長い。

　そのことに、また後ろのほうで戸惑いの声がざわざわと湧き起こっているのが分かった。隣の列にいる若い女の子が、なかなか列が進まないのであきらめ顔でバッグから文庫本を取り出したのが見え、康久もパソコンを出して仕事でもしようかなと考える。が、康久の並んでいた列は比較的早く進んでいて、パソコンで作業を始めるには中途半端な人数が前に並んでいる。

　手持ち無沙汰《ぶさた》な時間が過ぎ、ついに彼の前の黒いリュックを背負った広い背中がすっと前に進んでいくのが見えた。

　待機線のところで、あの青年が鳥の巣頭をかがめてパスポートを渡すのを眺める。職員が、パスポートを機械に当てる。と、何かに気付いたようにモニターを覗き込む。何気ない様子だったのが、徐々に真剣になっていくのがその目の表情から分かった。

　青年に何かを質問し、青年が「心外だ」とでもいうように両手を広げて答えているのが見えた。

　青年と入管職員との真剣な表情でのやりとりが続くのを見ているうちに、康久はハラハラしてきた。職員の険しい表情と青年の身振りから察するに、何か問題が起きたのは間違いない。

　すると、脇のほうから別の職員が足早にやってくるのが見えた。

青年のところにやってきて、ブース内の職員からパスポートを受け取ると、何事か短く囁く。

青年は憮然《ぶぜん》とした表情になり、くるりと後ろを振り向いた。

康久と目が合う。

青年は、何かもの言いたげな表情になると、小さく首を振った。が、後からやってきた職員に促され、あきらめたように顔を背けると、二人で歩いていく。

長身の青年は目立った。みんなの注目を浴びつつ、二人は脇にあるドアの向こうに消えた。いわゆる「別室に連れていかれる」というやつである。

康久は、しばらくそのドアを見つめていた。

いったい何があったのか。彼は何が原因で連れていかれたというのだろうか。あんなに真面目そうで身なりもいい青年なのに。

「次の方どうぞ」

鋭い声に我に返り、康久は待機線を越えてブースに近付いた。自分の前の人間が連れていかれるというのは、あまり気分のいいものではない。

内心の動揺を押し隠しつつ、パスポートを差し出す。

ブース内の男性職員は、遠目には若く見えたが、近くで見ると意外に年嵩《としかさ》だった。

パスポートの写真と康久本人とをじっくり見比べてからパスポートを端末にかざす。それから一ページずつパスポートをめくり、中を確認し始めた。いつもは余白を探してすぐにスタンプを押すのに、全部のページを見るのは珍しい。やはり、以前よりもチェックが厳しい。

ところどころで手を止め、じっと見入っているさまは、何も疾しいところがなくても落ち着かない気分にさせられる。

職員は、もう一度顔を上げて康久とパスポートの写真を見比べた。

落ち着いてみせなきゃ。

平静を装うものの、何度も写真と見比べられて不安になる。

十年期限のパスポートなので、写真はもう七年も前のものだ。率直に言って、髪の毛もずいぶん減っているし、かなり日焼けしているから、写真とは面変わりして見えても仕方がない。

そう自分に言い聞かせてみても、拭い切れない不安が湧いてくる。

職員は何事か考え込んでいたが、日付印を取り上げ、パスポートの余白を探した。いつも思うのだが、スタンプを押す場所というのは何か決まりがあるのだろうか。人によって、無造作かつ無作為に押す人と、何かを熱心に探してから押す人といるような気がする。職員それぞれの、単なるポリシーとか癖とかなのだろうか。

職員がスタンプを押そうとした時、内線電話が掛かってきた。

押すのをやめ、受話器を手に取る。

スタンプを押してから取ればいいのに、と恨めしく思った。

「はい」

職員はそう言ったきり、受話器の向こうの声をじっと聞いていた。

「ええ、はい」

怪訝そうな声で頷き、チラリと康久を見る。その目が鋭く不審げで、康久はどきっとした。

「分かりました」

職員はそう言って受話器を置いた。

しかし、スタンプを手に取ろうとはせず、康久のパスポートをぱたんと閉じてしまった。

どうして？

そう声が出かかったが、ぐっとこらえる。

不思議そうな康久の視線を受け流して、職員はさっと遠くに目をやった。

その視線の先を見ると、さっき青年が消えたドアが開き、彼を連れていった職員が出てくるのが目に入った。

職員は、待機線とブースのあいだをのしのしと歩いてくる。

待機している人々が、彼の行く手を見守っていた。彼はどんどん進んでくる。

康久は、その目が自分を捉えているのに気付き、今度こそ「えっ？」と口に出してしまった。

まさか、俺のところに？

頭は混乱していたが、その男は構わずどんどん康久に近付いてくる。

あの青年があまりに大きかったのでそうとは見えなかったが、こうしてみるとこの男もかなり大きい。胸の名札には「内田《うちだ》」とある。

男は康久の前で立ち止まると、ブースの中から康久のパスポートを受け取り、やはり写真の貼ってあるページを開いて康久と見比べた。

「何か問題でも？」

康久はそう尋ねたが、男は答えない。

ぱらぱらとパスポートをめくり、やがて閉じると康久を見た。

「すみませんが、少しお話を伺いたいので、一緒に来ていただけますか？」

丁寧で穏やかな調子ではあるが、拒絶しがたい威圧感がこもった声である。断ることなど、とうてい無理だった。

「はあ」

康久は曖昧《あいまい》に頷くと、くるりと背を向けて歩き出した男にのろのろと続いた。逃げ出そうにも、彼がパスポートを持っているのでどうしようもない。

痛いような視線が突き刺さってくるのを感じながら、康久は努めて平気なふりをした（つもりだった）。内心ではパニックになりかかっている。

なんのせいなんだ？　写真とかけ離れてたからか？　渡航先のせいか？　それとも——頭の中で、さまざまな疑問がぐるぐると駆け巡っている。

と、白いシャツの背中がドアの前でピタリと止まった。なんだか今日は、人の背中ばかり見ている日だ。

男は康久を振り返り、つかのま逡巡《しゅんじゅん》した。

「ひとつ、先に伺っておきたいのですが」

その声には、さっきとは打って変わって戸惑いがある。

「なんでしょう？」

その戸惑いにつられて、康久も口ごもる。

「あなたの前にいた青年は、あなたの知り合いですか？」

思ってもみない質問にあっけにとられ、康久は聞き返した。

「ええと、僕の前にあなたがここに連れていった人ですよね？」

男は頷いた。

「そうです」

康久は困惑した。なぜこんなことを聞くのだろう？

「今日ここで、さっき初めて会った人です。少し話はしましたが、名前も知りません」

男の目が、なんとなく鋭くなった。

「それが何か？」

「なんの話をしましたか？」

「なんの話って――」

康久はますます困惑した。

「サイレンがうるさかったとか、僕がマレーシアから帰国したこととか――そういう他愛《たわい》のない、世間話です。ずっと入管手続きの再開を待っていて、手持ち無沙汰だったもので」

そう答えながらも、頭のどこかで警告ランプが点滅するのを感じた。

警戒レベルの話や、当局が通信を遮断しているかもしれないという話をしたことは、この男には話さないほうがいい。

そう直感したのである。

「あの青年は、あなたに自分の話をしましたか？」

「いえ、特には」

何か彼は自分の話をしただろうか。彼の祖母の話はした。リンゴや栗をむくためのナイフをいつも没収されていたおばあちゃん。でも、彼自身の話はひとつもなかった。長身なので後ろに並ぶ人は気の毒だという程度では、自分の話をした内には入らないだろう。

「彼に何か手渡されましたか？」

男は畳み掛けるように尋ねてくる。

「いいえ」

康久は首を振る。

みかんは貰《もら》ったが、まるまる一個食べて、皮は返した。康久の手元には何も残っていないし、「何か手渡された」わけではない。

「そうですか」

男は考え込む表情になったが、すぐに康久に向き直った。

「今した質問は、他言無用でお願いします。いいですね？」

「はあ」

曖昧な返事をしたものの、誰かに話す必要があるだろうかと考える。

男はドアのレバーを下げるとガチャリと押し開け、康久に入るよう促した。

7

入管の列が動き出した時、大島凪人は安堵と同時に同じくらい不安を感じた。

子供が泣くくらいのご面相だ。さぞかし入管の印象も悪かろう。

しかも、今日はやけに一人一人に時間が掛かっている。いつもより厳しく見ているのは明らかだ。

かすかに胃が疼《うず》くのを感じる。

また止められるに違いない。

凪人は、半ば確信的な予感に今からうんざりしていた。

これまでの、世界各地の空港での不快な経験が脳裏に巻き戻される。

威圧的で無表情な職員が寄ってくる。囲まれるようにしてどこかに連れていかれる。荷物をすべて開けさせられる。念入りで執拗《しつよう》な質問。時には、身体の穴という穴を調べられる。

顔色が悪いのは胃下垂《いかすい》で慢性疲労気味のせいなのだが、薬物中毒を疑われているのがはっきりと分かる。緊張すると激しく汗を掻くのも同様。どれもこれも、屈辱的で不愉快な記憶ばかりである。

それにしても、さっきの火災の放送は額面通りには受け取りがたい。きっと何か大きなトラブルがあったに違いないのだ。

凪人は週刊誌のデスクをやっていた経験もあり、いわゆる業界裏事情的なものも多少は知識があった。デパートやホテル、鉄道、大規模商業施設などでは、館内放送には隠語が含まれていることがある。普通の言葉を使っているので外部の人間には分からないが、分かる人が聞けば分かるようになっている。

どれがキーワードだったのだろうか。特に気になるような言葉は使われていなかった。それとも、繰り返した回数だろうか。語尾の変化だろうか。

けれど、入管を再開したのだから、それがなんであれ一応の解決は見たということだ。

凪人はじりじりと進む列の中で考える。

挙動不審だと言われ危険人物扱いされるのは心外であるが、そういう経験のせいもあってか、彼自身は身の危険を察知するのに長《た》け、逃げ足も速いほうだと思う。

断っておくが、凪人はいつも「怪しい」とあちこちで止められるだけで、実際につかまったり勾留《こうりゅう》されたりしたことは一度もないのである。

これまで取材や仕事で海外に行った時も、「なんとなく嫌な感じがして」取った行動に救われたことが何度もあった。

「なんとなく」予定よりも一便飛行機や船を早くして悪天候や事故から逃れたことは数え切れないし、いちばん勘が働くのは、会った瞬間、初対面の人間が信用できる人間かどうかという点である。これが、初めての土地では何より助けになってきた。

いっとき、「人は見た目がすべて」という言葉が流行《はや》った。それももっともだとは思うものの、凪人の経験からいえば、見た目のよさよりもやはり印象である。

特に、身なりも容姿もよくにこやかであっても、目が笑っていないというのは要注意である。単なるビジネスでのつきあいなのに、土産《みやげ》やら友情の証《あかし》だといってどうでもいいものを持たせようとするのはえてして危ない。友情の証の置物の中に、どうみても友情の証とは思えぬ怪しげなものが入っていたりする。

「なんとなく」嫌な予感がして渡されたものを帰国前にチェックし処分していなければ、恐らくこれまでに数回は逮捕され、本物の「危険人物」になってしまっていただろう。

また、アジアや中南米など情が濃く人間臭い土地にいるのに、あまり特徴のないスッキリした人間というのも警戒すべきタイプだ。どんな人間だったかすぐに忘れてしまうような、他人にあまり自分の情報を与えない人物は、おのれの気配を消す必然性があり、おのれの情報を知られて困るからだと考えて間違いない。

しかし、海外ではそういう危険センサーが働くのに、日本に戻ると安心してしまうためか、なまじ日本語が通じるといらぬ誤解が生じて、空港や街角で長く引き止められてしまったりするのであった。

　目の痛みは今のところ治まっているが、なんとも言えぬ嫌な感じは続いていた。

　だが、それが「迫りくる危険」を予期しているのかが自分でもよく分からない。危険を察知している時には「なんとなく」無意識のうちにそれに対処する行動を取っているものなのに、今のところ身体が動かない。帰国時にこういう感じを抱くこと自体が珍しく、凪人は自分でも納得できないものを感じていた。

　列が着実に進み、あと二人となった。

　前にいるのは年配の男性で、その前にいるのは妻らしい。時折妻が後ろの男性を振り返り、低く言葉を交わしている。

　一人一人に掛ける時間も長いが、別室に連れていかれる人も心なしか多い気がする。

　別の列のブースで、ひときわ長身の青年が何事か険しい表情で職員とやりとりしていたと思ったら、別の職員がやってきて憮然とした様子で連れていかれた。

　自分もさんざん経験してきただけに、心中察するに余りある。明日は我が身――いや「じきに我が身」だな、と凪人は一人苦笑した。

　どうしよう、もうサングラスを外しておくべきか。それとも、その場で外したほうがいいだろうか。迷ったが、待機線のところで外そうと決心した。

前の夫婦がすんなり入管を済ませ、待機線に進もうとした時、またしても職員がやってきて、日焼けした中年男を連れていった。こちらは呆然《ぼうぜん》とした表情で、明らかにこういう場面に慣れていない様子である。

そうだよな、初めての時はショックだよな。分かる分かる。

凪人は同情を込めて内心その男にエールを送りつつ、サングラスを外した。

「次の方」

いかにも謹厳実直を絵に描いたような中年男の職員がこちらを見た。

凪人は開き直ってブースに進んだ。

心の中ではぶつぶつと言い訳している。

ものもらいなんだよ。結構痛いんだよ。胃下垂なんだよ。疲れてるよ。顔色悪いよ。趣味悪いけど、このシャツ気に入ってるんだよ。

が、職員は凪人の腫れた目を見ても、全く興味を示す様子はなかった。

職員は無表情に凪人のパスポートを手に取り、写真と実物をじっくり見比べると端末にかざした。ゆっくりすべてのページをめくり、丹念に見ているが、何かを怪しむ気配もなく、これまで痛いほど浴びてきた胡散臭《うさん》そうなまなざしも向けない。

凪人は拍子抜けしてしまい、逆に焦りにも似た感情がふつふつと湧いてきた。

いいのか？　それでいいのか？　俺、自慢じゃないけど、これまで一度で空港を通過したことないんだぞ。なあ、あんた、大丈夫か？　世界中で止められる俺を見咎めなくて、入管職員としての資質を問われるんじゃないか？

なぜか、目の前の職員の気を引こうと必死になっている自分にハタと気付く。

馬鹿か、俺は。わざわざ職員を怪しませようとしてどうする。

職員はパスポートを最後まで見ると、もう一度凪人と写真を見比べ、ページをめくってパスポートの空き場所を見つけ、無造作にスタンプを押すと凪人に返した。

「次の方、どうぞ」

もはや凪人には目もくれず、彼の後ろに向かって叫ぶ。

あまりのあっけなさに、一瞬その場を動けなかった。どういうわけか、おのれの存在意義（レゾンデートル、という言葉をものすごく久しぶりに思い出した）を否定されたような淋《さび》しさを覚えたのは事実である。

が、次の瞬間そそくさと歩き出し、深い安堵を覚えている自分がいた。

なんだなんだ、つまり、あれもやはり都市伝説というか、気のせいだったんだな。

「あれ」というのはこうである。

あまりにも毎回空港で止められるので、凪人は自分のデータに何か注意書きのようなものが付けられているのではないかと疑っていた。

最近はどこの国でもパスポートにICチップが入っているのが普通で、搭乗手続きをした時点で渡航先の国の空港にもデータが伝えられている。そのデータに「この男に注意せよ」というような目印があるか、ブラックリストのようなものに記載されているのではないかと思っていたのだ。

しかし、今の様子から、そういうものはないと分かった。あくまで職員が目視で判断して止めていただけだったのだ。

そう判明したのは、凪人にとって大きな収穫であり、安心材料であった。

よく考えてみれば、そりゃそうだよな。ただ怪しげだというだけでいちいちブラックリストに載せていたら、とんでもない数になる。危険人物のリストは膨大な数になって、かえって業務が混乱するだろう。しかも、俺は実際につかまったことがあるわけじゃない。法に触れたことをしていないのだから、何も記録が残るはずがない。

取り越し苦労、という言葉が頭に浮かび、笑い出したくなる。

その一方で、いったい俺の見た目はどれだけ怪しいんだ、とショックでもあった。

それでも現金なもので、急に目の痛みが消え、視界が開けたような気がした。

帰ってきたぞ。

晴ればれとした気分で凪人がブースの脇を通り抜けようとした、まさにその瞬間である。

後ろの離れたところで「あっ」という声とざわめきがして、何かが凄い勢いで凪人の背中に近付いてきた。

異変を感じて凪人が振り向こうとした時、彼の足に猛然とタックルしてくるものがあり、ひざの後ろに何かがぶつかった。いわゆる「ひざカックン」状態になる。

足に突然、しかも思い切りしがみつかれたために、歩み去ろうとしていた凪人の上半身だけが前に進んだ。その結果、彼はバッタリと床の上に倒れ込む羽目に陥ったのである。

ざわざわという声が大きくなり、誰かが駆け寄ってくる気配を感じた。

不意に転倒した衝撃と痛みで、凪人はしばらく起き上がれなかった。

逃げ切れなかった。

彼の頭の中では、屈強な警備員が走ってきて凪人の背中に飛びかかる映像が流れていた
——学生時代はラグビーをやっていました。あの男がまんまと入国に成功したのが見えて、いけないと思い、とっさに動いていたんです——なぜかその警備員がニュースでインタビューに答えているところまで浮かぶ。

やっぱり俺はノーチェックでは入管を通過できないんだ——痛みで朦朧《もうろう》としつつ、頭の片

隅でそんなことを考えていた。

「大丈夫ですか？」

頭上から声が降ってきて、ようやく凪人は肘を立ててよろよろと身体を起こした。

頭を振り、振り返ると、みんなが彼を見ていて、隣に背の高い職員が立っていた。

そして、まだ自分の足にしがみついている、小さな男の子の顔を見た。

見覚えのある顔。

さっきぶつかって、凪人の顔を見て泣き出した男の子である。

「――なんで？」

凪人は少年と職員の顔を交互に見た。

転倒した時にあちこちぶつけて全身が痛かったが、最初に床に着地したひざの痛みがいちばんひどい。

凪人は呻《うめ》いた。

転ぶのは久しぶりだった。いったい前に転んだのがいつだったか思い出せない。そして、大人になってから転ぶというのは実に恥ずかしく屈辱的であり、物理的な痛みよりも精神的な痛みのほうが圧倒的に勝っている、とどこかで冷静に分析していた。

それにしても、なぜこの子が？

不思議そうに男の子を見ると、またしても彼はうるうると目を真っ赤にしてこちらを見ている。しかし、今回は凪人の顔が怖いからではなさそうだった。

「たすけて」

男の子は凪人の顔をひたと見据え、そう呟いたのである。そして、消え入りそうな声でこう付け足した。

「ダディ」

「はあ?」

職員と凪人は同時に声を上げ、次に顔を見合わせた。

「あなたはこの子の父親なんですか?」

職員に尋ねられ、凪人はとんでもない、というように左右に首を振った。

「赤の他人です」

「本当に? じゃあ、なぜこの子はまっすぐにあなたのところへ?」

「さあ、分かりません」

痛みをこらえつつ顔を上げた凪人は、ふと遠くから困惑の面持ちでこちらを見ている母親の姿を目に留めた。

彼女は職員に連れられ、「別室」のドアの手前にいた。

若い母親は、一緒にいる職員にしきりに首を振っていた。恐らく、向こうでも凪人のことを関係者かどうか尋ねているのだろう。チラチラこちらを見ては、「違う」「他人だ」と言っている様子である。

なるほど、「別室」に招待を受けたのは彼女のほうだったわけか。しかし、なんだってよりによって俺に向かって「ダディ」なんだ？

凪人は男の子を見た。

「ボク、お母さん心配してるよ。お母さんについてってあげなよ」

しかし、男の子は無言でこちらをじっと見ている。

「ボク、こっちに」

職員も手を差し出すが、男の子は頑《かたく》なだった。凪人が苦労して立ち上がった時だけ一瞬手を放したが、すぐに太ももにしがみつき、何度頼んでも離れようとしない。

「本当に、あなたはこの子とは関係ないんですか？」

焦って男の子から逃れようとしている凪人を見ているうちに、職員の顔にだんだん疑念が湧いてくるのが見えた。

その表情に、凪人は懐かしさを覚えた。

ああ、これだ。まさしくこれが、俺の見慣れた空港職員の顔。

「違いますってば。この子の母親に聞いてください」

全身に汗が噴き出してくる。なんの疾しいところもないのに、凄い量の汗が。

母親を見ると、向こうでも必死に首を振り、職員に訴えるのが見えた。

まずい。この状況。

凪人は、今度こそ不吉なものが全身を貫くのを感じた。

母親と俺が必死になればなるほど、まるで互いに示し合わせて隠し事をしているように見える。

向こうの職員と、こちらの職員が目を合わせるのが見えた。そこに何か、稲妻のように通じるものがあったのが分かる。

そして、凪人はその台詞を半ば諦念と共に聞いていた。世界各国の言語で聞き慣れた、あの台詞。

「すみませんが、ちょっとお話を伺いたいので一緒に来ていただけますか?」

8

岡本喜良が空港職員を探しに行った頃には、入管の列も動き出し、人が流れ始めていた。

膨らんでいた列が少しずつまっすぐになっていくのを横目に見つつ、やっと接触できた職員に声を掛けると、仲間に声を掛けてから一緒に来てくれた。戻ってみると、警備員が来ていて、担架と救急車を手配してくれていると爆睡女が教えてくれた。

男性もさっきよりずっと落ち着いていた。顔色も戻っているし、呼吸も穏やかでひとまず危機は脱したようである。

「よかったですね」

喜良が声を掛けると、男性は「どうもありがとう」としっかりした声で答えたので、安堵する。

「君、ありがとう。助かったわ。忙しいところ、ごめんね」

爆睡女が初めてニッコリと笑顔を見せた。

その笑顔が思いがけなくとても美しくてどきっとした。この人、こんな貧乏学生みたいな恰好でこうなんだから、化粧してドレスアップしたらすごい美女に違いない。

「いえ、こちらこそ、あなたがいてくれてよかった。お医者さんですよね？　僕だけだったらどうしていいか分からなかった」

それは心からの台詞だった。そもそも、自分だけだったらとっさに彼に近寄っただろうか。人工呼吸、心臓マッサージ、AEDといった単語は知っていても、それを組み合わせた経験がない。おろおろするばかりで、警備員が駆けつけるまで待っていたら、この男性は助からなかっただろう。

そう考えるとゾッとした。自分も世界のどこかで倒れたら、勇気ある誰かがそばにいない限り助からないのだ。

近日中に、緊急蘇生の訓練を受けに行こう。うちのスタッフにも受けさせよう。確か、近くの消防署で定期的に講習会を開いていたっけ。事務所に戻ったら、いちばん近い講習会を申し込もうっと。

喜良はそう決心した。

「じゃあ、僕はこれで失礼します。あなたは?」

「救急隊員に引き継ぎするまでここにいる」

「そうですか。よろしくお願いします」

会釈して歩き出すと、女と男性が小さく手を挙げた。本当によかった。

喜良は、歩きながら考えた。

そうだなあ、せっかくＡＥＤがあっても、それを使うべきなのかどうかというのがまず素人《しろうと》には分からない。人が倒れる理由はいろいろある。貧血、脳疾患、熱中症。倒れた人を見た時、すぐに「ＡＥＤを」と思いつくかなあ。思いついたとして、とっさに場所を探せるだろうか。ＡＥＤ自体は、さっき見ていた感じでは操作もシンプルで、初めて見た人にもまず使いやすいようだった。

空間・プロダクトデザイナーという職業柄、公共デザインや道具のデザインなどは常にどこかで気にかけている。さっきも、とっさではあったが、ＡＥＤをそちらの観点から観察していた。

いや、ゆくゆくは、ＡＥＤそのものが携帯できるくらいコンパクトになればいいんだ。心停止の恐れがある人が装着できるようなウエアラブルなＡＥＤ。それってどんなデザインかな？　防弾チョッキみたいなベスト形だろうか。ＩＤカードのように首に提《さ》げておくようなタイプ。胸ポケットに入れておく、名刺入れサイズのもの。あるいは、腕章みたいに上腕に巻きつけておくのはどうだろう。

スタッフの一人が、仕事中も布に錘《おもり》の入った、巻きつけて装着するダンベルを足首に着けていたのを思い出す。ずっと事務所内で仕事をしていると運動不足になるので、普段の動作に適度に負荷を掛けているのだと言っていた。

そう、あんな感じ。もちろん、なるべく軽くする。うん、だったら腕でなくて足首でもいいか。普段は足首のサポーターとして使い、いざという時はべりっと剝《は》がして胸に貼って使う。

ちょっとお洒落《しゃれ》なデザインにして、着けるのがカッコいいと言われるようなものにすれば、みんな積極的に着けてくれるようになるし、心臓疾患に対する周囲の理解も深まるかもしれないね。普通の人も真似《まね》して、足首にサポーターを巻くのが流行ったりしたら面白いな。

喜良の想像は続く。

そうか、一般の人も着けるんだとすれば、AEDは機能のひとつにしてしまえばいいんだ。

思わずひざを叩く。

足首サポーターは、みんなが使える健康機器にすればいい。そうすれば、AEDとして売り出すよりもずっと生産数が見込めて、値段も下がるだろう。それが普及すれば、もし誰かが倒れても、近くにAEDを携帯している人がいる可能性が高まる。腕に巻けば血圧も測れるし、微電流を流して筋肉をマッサージできる機能も付ける。巻きつける幅を変えれば、ふくらはぎや太ももにも使える。足がむくんで困ってるOLは、帰りの通勤電車の中で立ったまま足をマッサージ。

うん、そんなのがあれば、ボク自身ちょっと欲しい。

無意識のうちに、何度も頷いていた。

もちろん取扱説明書にはAEDの使い方も載せるけど、購入時にAEDの使用講習会をセットにするというのはどうかな。さっきよく分かったけど、一度も使ったことがないのと、一度でも使ったことがあるのとでは心理的な抵抗感が全然違う。デパートやスポーツ用品店で、定期的に講習会を開けばいい。

いや、いっそのこと、購入時に講習会を義務付けるというのはどうかな。たいして時間もかからないし、そういうサポーターを装着してジョギングするような人は、自分もAEDのお世話になる可能性があるわけだし、講習を受けておこうと思うはず。

喜良は、ちらちらと周りの人の足元を見た。それぞれの足首にサポーターが巻かれているところを思い浮かべてみる。

むきだしの足首。足元に置かれたカバン。まとわりつく子供たち。

そっか。足首だと、雨や泥がはねたり、いろいろなものがぶつかったりする可能性が高いなあ。普通に歩いてても、ズボンの裾ってけっこう汚れるもんね。防水と強度は重要だね。

喜良は考えた。

ペットと散歩する時に着ける人も多いだろうしなあ。犬や猫がかじったり、爪を立てたりするかもしれない。

隣の列で、床にしゃがみ込んで父親の靴ひもをほどいている子供を見ながら、サポーターのデザインを想像する。

専用のカバーに内蔵して、カバーは交換可能にしよう。洗濯もできるカバーに。

あるいは、スポーツブランドやファッションブランドと提携して、シーズン毎《ごと》に新しいカバーを発表するのはどうかな。カバー交換の際に、本体の機能もメンテナンスすればいい。

ふうん。こうしてみると、医療器具っていうのもまだまだデザインの可能性があるね。こないだ、香港《ホンコン》の子供病院のデザインを請け負ったスタッフがいたっけ。このジャンル、もっと研究してみよう。

そう決心した時、突然、後ろから肩を叩かれた。

ぎょっとして振り向くと、後ろに立っていた若い女性が、迷惑そうな顔で前方を指さしている。

ハッとして前を見ると、いつのまにか列のいちばん前まで来ていて、ブースの中の職員が不機嫌そうに手招きをしているのだった。

夢中になっていて、気付かなかったのだ。

「すみません」

喜良は慌てて後ろの女性に会釈して、前に進んだ。

あれ、自分の声がヘンだ。

違和感を覚えて頭に手をやると、いつのまにか、またヘッドフォンを着けていたことに気付いた。

まずい。つい飛行機の中でデザインを考える時の癖で、無意識のうちにノイズキャンセリングのスイッチを入れていたらしい。道理で、何も聞こえなくて考えるのに集中できたわけだ。

喜良は慌ててヘッドフォンを外し、首に掛けるとパスポートを取り出して渡した。

印象悪いな。ずっと自分の世界に浸って音楽聞いてる、傍若無人《ぼうじゃくぶじん》な若者に見られたかしらん。

眼鏡を掛けた若い職員が、喜良の写真と本人を見比べている。

今更遅いかもしれないが、喜良は努めて行儀よく、せいぜいまともな若者に見えるよう姿勢よく背筋を伸ばし、真面目な表情を作った。

童顔で、のんびりした顔をしているので、たまに鈍感で空気の読めない若者に見られることがあるのだ。

パスポートを端末にかざし、一ページずつゆっくりめくって中を見ていた職員は、「うん？」という表情になった。

じっとページを見つめているうちに、だんだん顔色が変わっていく。

まずい。

喜良は、その表情が意味するところに思い当たった。

そうか、そうだった。すっかり忘れてた。特に、今回はヤバイかもしれない。

内心、激しく慌てていたが、自分からわざわざ釈明するのも藪蛇《やぶへび》だし、どうすべきか迷った。

が、職員の視線がパスポートのページ内で上下左右する様子は、まさしく喜良が憂慮《ゆうりょ》している事態が彼の頭の中で進行していることを表している。

どうしよう。今説明したほうがいいだろうか。いや、後ろの人も待ってるし、改めてどこかできちんと――

やきもきしていると、職員が受話器を取って電話を掛けた。どうやら、相手のほうでも

「どこかできちんと」喜良に説明させるべきだと判断したようである。

受話器を置いた職員は、喜良を正面から睨みつけるとこう宣言した。

「ちょっとお話を伺いたいので、向こうにご同行願えますか?」

視線の先に、屈強そうな職員がやってくるのが見えた。

「はあ」

喜良は力なく肩をすくめ、小さく溜息をついた。

やっぱり、止められるよなあ。ホントのことを説明しても、信じてくれるかなあ。

近付いてくる職員の顔がアップになる。

だって、しょうがないじゃん。

喜良は内心呟いた。

ボクは飛行機に乗るのが何よりも大好きなんだから。

9

入管が再開され、ごそごそと列が動き出してからも、女性は呟き続けた。

「ほら、あの人よ、ほら。なんとかいう名前の」

女性は興奮したように成瀬幹柾の肩を叩くが、幹柾にはさっぱり青年の顔に見覚えがなかった。

第一、あの凄い福耳を見たら、そのインパクトで忘れられないはずだ。

でも、あの福耳を隠したら？

ふとそう思いつき、頭の中で例の青年を長髪にしてみた。

あれ。待てよ。なんだか見覚えがあるような気がしてきたぞ。確かに最近どこかで見た。

写真か何かで――

記憶を探っていると、心なしか周囲がざわざわしてきたのに気付いた。

見ると、やはり周りでもチラチラあの青年を見ている人がいて、声を潜めて何か言っている。

「ねえ、あの人」

「だよねえ。ゴートゥヘルリークスの」

「やっぱり？」

「どうしてここにいるの？　ロシアに行ったんじゃなかったっけ？」

「それって、何日前かの話でしょ」

「亡命、拒否されたんだよね」

「じゃあ、ひょっとしてそのあとまっすぐ日本に来たのかな？」

「でも、ロシアがダメならエクアドルに行くって言ってなかった？」

分かった。幹柾は内心声を上げていた。

このところニュースで繰り返し報道されていたアメリカ人――アメリカ当局が全米に指名手配している、何かと問題になっていた閲覧サイト、ゴートゥヘルリークスを立ち上げた青年実業家。確か名前は――

「ベンジャミン・リー・スコットだよね」

「インド系？　中国系？」

「わかんない。どっちにも見える」

「天才なんだってね」

そうだ、そんな名前だった。十一歳でMIT（マサチューセッツ工科大学）に入学を許された神童で、天才プログラマー。在学中に政府にスカウトされ、NSA（米国家安全保障局）で個人認証や自動翻訳技術のソフトを開発していたという。優秀なソフトを次々生み出したが、やがて一人でゴートゥヘルリークスを立ち上げ、一大スキャンダルとなった――

ゴートゥヘルリークス、その名も「地獄行き暴露」は「WEB上に溢れる悪意をあぶりだす。人を呪わば穴二つ」というポリシーで立ち上げられたサイトである。匿名で激しい差別発言や悪意に満ちた攻撃を繰り返す者を告発している。

問題になったのは、スコットの開発したソフトを使えば、その身元を自動的に特定できることだった。彼はそれらの発言者の身元を次々と特定し、公開していったのである。

公開された彼らの正体は、衝撃的なものだった。短期間にアメリカの上院議員や連邦最高裁判事、EU高官など、世間的に「高潔な人格」とされてきた人々の隠された凄まじい差別意識が暴露された。彼らは弁明を余儀なくされ、現職からの辞任に追い込まれたのだ。

ベンジャミン・リー・スコットのソフトの凄いところは、筆跡鑑定を文字ではなく、文章から行うところである。書いている本人にも分からない文章の癖や使用する単語、改行やパラグラフの組み立て方などから判断し、サンプルが五件もあれば、ある文章がその人物が書いたものかどうかほぼ九十九パーセントの確率で特定できるという。ある程度の要職にある人物は自分が書いた文章を公表せざるを得ない立場にあるから、WEB上にたくさんのサンプルがあるわけで、参照には事欠かない。

実際、彼らの身元はホームページや広報などで公開されている文章を「参照」して割り出されたものであり、違法に収集されたものではないから、スコットの行為が「違法」に当たるのかは激しい議論となった。

しかし、身に覚えのある者が多かったのか、「特定」されるのを恐れる「偉い」人々のあいだから「プライバシーの著《いちじる》しい侵害」であるという、激しい弾劾《だんがい》の声が上がった。そして、直接的にはNSAのために開発した技術であることを理由に「国家機密の漏洩《ろうえい》」が罪状となり、かくしてスコットはお尋ね者となりその動向が世界的に注目を浴びているのである。

アメリカ国内で逮捕されれば、恐らく数百年という刑期が待っているから、スコットは「亡命」を求めているという。

数日前にロシアの空港にいたというニュースが流れたが、どうやらロシア当局は入国を拒絶したらしい。そして、今彼はここ日本の空港に姿を現したというわけだ。

これまでにも亡命先に幾つかの国が候補に挙がっていたが、各国が二の足を踏むのは、アメリカと敵対したくないのと、スコットの技術は欲しいものの、彼がさまざまな言語でのゴートゥヘルリークスを開発中だという噂《うわさ》のせいだろう。

スコットは語学おたくで、そちらのほうでも天才らしく、十数か国語をマスターしているという。既にスペイン語版は完成していると本人も認めており、今はロシア語版に取り組んでいるという話である。

スコットはそれをロシアへの手土産にしたかったのかもしれないが、ロシア当局としてみればアメリカでの凄まじい騒ぎを目の当たりにしているから、自分たちが「地獄行き」になる可能性と画期的な個人認証技術とを秤《はかり》に掛けた結果、保身を選んだに違いない。

それにしても、日本にやってくるとは。

幹柾は首をかしげた。

日本が亡命先の候補に挙がってるというのは一度も耳にしたことがないし、常識的に考えても、アメリカとあまりつきあいのない国を選ぶだろう。

恐らく、彼が日本にやってきたという情報は、既に日本政府にもアメリカ政府にも伝わっているはずだ。いったいどうするつもりなんだろう。

周囲が自分に注目していることに気付いているのかいないのか、スコットは無表情のまま列に並んでいる。

ニュースで見た写真は肩までの長髪だった。どこかで短く切ったらしい。ひょっとして、長いことトイレにいたのは、トイレの中で髪を切っていたのかもしれない。それでもスコットの顔を見分けられたんだから、このおばさん、たいしたもんだ。本当に人の顔を忘れないとみえる。

幹柾は上気した顔でスコットを見ている隣の女性にちらりと目をやった。

青年の正体に気付く人が増えるにつれ、全世界的に話題になっている人物が目の前にいるのを誰もがメールや「呟き」などで伝えたがっているのが分かった。しかし、やはりまだ携帯電話は通じないままだった。イライラが募り、不満と呪詛《じゅそ》の声が辺りに充満している。

今回の通信障害は長い。むろん、通じないと余計に何度もアクセスを試みるから、ますます長引いているのだろう。

みんなが端末を見ているのに、ベンジャミン・リー・スコットだけが静かに立っているのがかえって異様な雰囲気を醸し出していた。

もっとも、彼が自分の端末なんか使おうものなら、たちまち追っ手に居場所が特定されてしまうだろう。だから使わないのかもしれない。

ワールドワイドに追われているとは思えないほど、落ち着き払っているのも意外である。

彼はまだ二十代だったはずだが、見た目はとても二十代には見えない。ずいぶんと波瀾万丈の人生だ。自分が亡命してよその国で暮らすところなんて、とてもじゃないけど想像できない。彼の家族はどうしているのだろう？　この先アメリカにはもう足を踏み入れられないだろうし、第三国でも逮捕される可能性があるから、亡命先の国からも出られない。

彼を支援している団体も世界中に幾つかあるはずだが、日本にも支援者がいるのだろうか。

ついチラチラとスコットを見てしまうが、やはりあの福耳が気になる。

もやもやした気分に襲われた。

あの耳、俺の知っている何かに似ている。なんだったろう？

しばらくじっと見ているうちに、唐突に思い出した。

そうだ、そういえば、長野のじいちゃんの田舎《いなか》の家の窓の鍵があんなだった。普段は窓の桟《さん》の穴にぶらさがってて、締める時は穴に突っ込んで回すやつ。うーん、真鍮《しんちゅう》でできてたあの鍵、色といい形といい、あの耳そっくりだ。

幹柾は、あの耳をつまんで回してみたい衝動に駆られた。

よもや、スコットも自分の耳をつまんで回したいと思っている人間が近くにいるなどとは思うまい。

そう考えると、幹柾はなんだかおかしくなった。

それにしても、アクシデントがあったせいなのか、入管にかかる時間がいつもより長い。

一人一人念入りに見ているようである。さっきのサイレンといい、あの黒煙といい、外で何が起きているのか気になる。情報が遮断されるということが、こんなに不安なものだとは。ずっと見晴らしのいい道を歩いていたのに、突然窓のない狭い部屋に閉じ込められてしまったような感じだ。

文字通り、端末の画面という「窓」は閉ざされたまま。世界から拒絶されているような疎外感が胸に広がる。

なんだか、知らないところで思いもよらない重大な事件が起きているような気がする――それでも、列はじりじりと確実に進んでいた。通信障害は、入管の業務には影響がないらしい。

スコットの並んでいる列も少しずつ進み、彼の番が近付いてきていた。

心なしか、周囲の緊張も少しずつ高まっていくような気がする。

誰もが知らないふりをしているものの、意識だけは彼のところに集中していて、まるで彼のところだけスポットライトが当たっているようだった。

職員はもう気が付いているのだろうか？　情報は持っているだろうが、どこにいるかまで知っているだろうか？　すぐそこに、ベンジャミン・リー・スコットが立っていると知っているだろうか。

意識し、緊張している周囲に比べて、スコット本人がいちばん落ち着いていた。

いや、落ち着いているというよりも、ずっと考え事をしていて周りの雑音など耳に入らないという感じなのだ。たいした度胸と言おうか、やはり天才は凡人とは違うのか。スコットの後ろに並んでいる男がいちばん緊張していた。どうやら、こっそりスコットの後ろ姿の写真を撮りたいらしいのだが、シャッター音がするのが怖いのか、さっきから撮ろうとしてはやめる、を繰り返している。

スコットの番が来た。

もはや、周囲の人間は露骨な視線を隠そうともしていなかった。

異様なざわめきが彼の周りに起きている。

みんなが注目していた。

入管職員はいったいどう対処するのだろうか。

「次の方、どうぞ」

ブースの中の職員が叫ぶ。

平静を装ってはいたが、かすかに強張った声の調子と硬い表情から、職員もスコットのことを認識していることが分かった。

ざわめきが大きくなる。

スコットは、待機線のところに棒立ちになっていた。ぼんやりとした表情でそこに立ち止まったままだ。

入管職員が怪訝そうな顔になった。

「ネクスト！」ともう一度声を上げる。

しかし、スコットは動かなかった。

無表情のまま、待機線の前で立ち尽くしている。

更にざわめきが大きくなった。もはや、ざわめきというよりは騒いでいると言ったほうが正しい。

入管職員の顔が赤くなる。スコットが動かないというのは予想していなかったのだろう。これだけ注目を浴びているというのに、スコットはあくまでも静かで落ち着いていた。まさに台風の目。中心だけが無風状態で上空は晴れているけれど、周りは大暴風なのだ。

バタン、とドアの開く大きな音がして、ぞろぞろと職員が歩いてくるのが見えた。警備員も含め、四人もいる。

四人はスコットのところにやってきて、囲むようにした。

「ベンジャミン・リー・スコットさんですね？」

中の一人が尋ねるのが聞こえた。

しかし、スコットは無反応だった。職員を見るでもなく、頷くでもなく、ただぼんやりと立っている。

黙秘するつもりなのだろうか。

「――あの人、どうなるんですか？」

さっきの女性が幹柾に話しかけてきた。

「さあ、どうなるんでしょうねえ」

幹柾は首を振った。

「日本に亡命するの？」

「どうでしょう。日本経由で第三国に行くっていうのは聞いたことあるけど、日本に亡命したっていう話は聞いたことがないですね」

「アメリカに引き渡すのかしら」

「いや、それはないでしょう。入管っていうのは、入国を申請してきた相手に対してそれを許可するかしないかを決定するだけですから」

ましてや、スコットは待機線のこちら側にいて、日本に入国を「申請」していないのである。

幹柾は考え込んだ。

入国を申請して初めて、それを許可するかどうか検討する。スコットの場合、上陸拒否事由に当てはまる可能性が高い。

しかし、入国を申請しなかったら？

そこにずっと立っているだけの彼は、いったいどういう立場になるのだろう。

職員がスコットに何か繰り返し質問をしているが、スコットは全く返事をしていないようである。

入国を申請せず、しかも黙秘している。

彼が本当にベンジャミン・リー・スコットなのかどうかは確認できていない。本人も認めていない。

身分証明というのは実に奇妙なものだ。

成瀬幹柾という身分は成瀬幹柾の肉体を指すのに、成瀬幹柾の肉体だけでは成瀬幹柾の身分にはなれないのだから。

バーコードの付いていない商品が流通できないのと同じで、運転免許証や健康保険証などのタグが付いていないと人間は社会に流通できない。

逆に言えば、タグを持っていなければ、成瀬幹柾は成瀬幹柾であることを誰にも証明できないのである。

彼がずっと黙秘したら？　ベンジャミン・リー・スコットであることを認めなかったら？　彼はどういう扱いになるのだろう。

スコットが四人の職員に促され、囲まれるようにして別室に移動するのを見ながら、幹柾は漠然とした不安を覚えた。

あれは、本当にベンジャミン・リー・スコットなのだろうか。

10

スコットが別室に姿を消すと、まるでひとつのショーが終わったかのような安堵感と虚脱感が周囲に漂った。

みんなの視線を集めていた存在がなくなったことで、一気に空気が弛緩《しかん》し、あっというまにそれぞれがそれぞれの個人の世界に戻っていった。

幹柾も、トイレで見かけた時から気になっていただけに、なんとなく肩の力が抜けた。ふと、手がポケットの中のデンタルフロスに触れる。

これを彼に渡す機会はもうないということだな。もっとも、これが彼のものなのかどうかも永遠に分からないけれども。

　こうしてみると、さっき彼の後ろ姿に目的が感じられないと思ったのは、ある意味正しかったわけだ。入国したいわけでもなく、何かをするために渡航してきたわけでもない。じっと待機線の前に立っていた青年の姿が目に焼き付いている。

　それでも疑問は残る。

　なぜ日本に来たのか——

「あんな有名な人と居合わせるなんて、初めてです。どうなるんでしょうね。今日のニュースとか」

　例の女性が幹柾に囁いた。

　確かにそれは気になる。スコットが日本に来たことはどう報道されるのだろうか。

「それより、もうじきあなたの番ですよ」

　幹柾は、列の先を促した。

　実は、女性は隣の列にいた。入管の手続きに時間が掛かっていて、列が膨らんでいるのをいいことに、幹柾のところに寄ってきて話をしていたのだ。幹柾の列はあまり進んでいない。

「あら」

　女性は自分の前が空いているのを見て慌てた。

「じゃあ、ここで失礼いたしますね」

女性は小さく会釈をすると列に戻った。

ちょっと不思議な人だったな。

幹柾は女性の背中を見送った。

お嬢さん育ちなのは間違いないけど、しっかりしているような、していないような。

彼女の番が来て、ブースに進んだところをなんとなく眺めていると、すぐに終わって姿を消すだろうと思いきや、意外に時間が掛かっている。

いつもより別室に連れていかれる人が多いなあ。

幹柾は周囲の列を見回した。長いこと待たされてうんざりしている顔、顔、顔。

税関ならまだ分かるが、ああいうのって、いったい何が引っかかっているんだろう。外国人ならともかく、帰国でそうそう引っかかる事由があるとは思えないんだけど。

と、彼女のところにも大柄な職員がやってくるのが見えた。

まさか、彼女も？

次の瞬間、彼女が憤然と職員につっかかるのが見えた。

「はっきり言ってください！　何が問題なんですか？」

色白の肌に朱が差している。

おお、と幹柾は反射的に身を引いていた。

周囲も意外そうに目を見張る。

「なんのお話ですか？　何が聞きたいっていうんです？　何も身に覚えはないし、今ここで聞かせてください」

お嬢様のほうが怒ると怖いな。

その剣幕に、職員も宥《なだ》めにかかる。

「お客様の渡航記録について確認したいことがございまして。少し時間が掛かりそうなので、後ろの方をお待たせすることになります。ですので、こちらへ」

「渡航記録ですって？」

今度は彼女の顔から、スッと血の気が引いたように思えたが、気のせいだろうか。

が、彼女はすぐに立ち直った。

「なんですか、渡航記録って。私、シンガポールの息子夫婦のところしか行ってないのに」

「ですから、そういう内容について確認したいことがありますので」

職員は表情を変えない。

彼女は絶句したが、きっと向き直ると携帯電話を取り出した。

「主人に連絡を取りたいんです。だけど、ずっと通信エラーになってて。いったいどうしてなんですか。さっきから全然繫がらないんですけど」

憤懣《ふんまん》遣《や》る方《かた》ない様子で彼女は携帯電話の画面を睨みつけ、職員を睨みつけた。携帯電話の通信障害を入管職員に当たってもしようがないと思うが、彼女が苛立つ気持ちもよく分かる。

職員が嚙《か》んで含めるように言った。

「午後からずっと、かなり広い範囲で通信障害が発生しています。今も通信各社が調べているところですが、まだ原因は分かっていません。今のところ、復旧の見通しも立っていない様子です」

ざわっ、と周囲から声が上がった。

「えー、そうなの？」

「困るなあ」

「電話も繫がらないし」

「それってヤバイんじゃない？」

確かにそれは大変だ。ほとんどの人が連絡を携帯電話に頼っているし、人によってはこれから交通機関の連絡を調べたり、地図を見たりするつもりだったろう。みんな現地に着いてからスマホで調べればいいと思っているから、それができないとなるといろいろなところに支障が出る。

しかも、「通信各社」と言ったということは、一社だけでなく複数の会社で通信障害が起きているということだ。そんなことがあるだろうか。

幹柾は自分の予定を頭の中で確認した。帰りの便は会社に知らせてあるから、今連絡がつかなくても、とりあえず問題はないはずだな。

彼女はみんながざわついているのをぐるりと見回してから、もう一度職員を睨みつけた。これまで悄然《しょうぜん》と連れていかれた男性諸氏に比べてみても、いやはや、たいした度胸である。

「分かりました。じゃあ、ご一緒しますので、固定電話を使わせていただけますか？」

「こちらへ」

歩き出した職員の後ろを、つんと顎を上げてついていく彼女を見つつ、幹柾は彼女が連れていかれた理由を考えてみた。

渡航記録。シンガポールの息子夫婦のところしか行っていないと言ってたな。もしかして、それは引っ張っていくための口実かもしれない。そうだとしたら、本当の理由は？

さっきからずっと、どこか割り切れないもやもやした気分が続いている。

なんと言えばよいのだろう、今日の前で起きていることが、見た目通りのものではなく、全く違う意味を持っているように感じた。情報の遮断された世界の外側で、巨大な何かが進行しているような。肌から一センチばかり離れたところで小さな火花が散っているみたいに、ヒリヒリ、ムズムズする感覚。

そう、今みたいに、本当に足がムズムズと――うん？

幹柾は背筋を伸ばし、身構えた。

何かが足元にいる。

それが実際に、俺の足をムズムズさせている。そんなバカな。

幹柾は足元を見下ろした。

すると、そこには丸く黒いつぶらな瞳が一対、こちらを見上げているのだった。

じっと見つめ合うふたり。

これがＴＶドラマなら恋に落ちていても不思議ではないほど、長い時間。

人間と、茶色い小柄なコーギー犬とが。

「ギャッ」

幹柾は悲鳴を上げ、反射的に飛びのいてしまった。

「あら、犬よ」

幹柾の反応に気付いた誰かが声を上げた。

「ホントだ」

「可愛い」

「あら、どこから入ってきたの？」

「キャリーバッグから逃げたのかな」

「犬って機内に持ち込めるの？」

いい歳をした大人である自分が不自然なほどに狼狽《ろうばい》したことに動揺し、幹柾は赤くなった。なんでこんなところにいるんだよ。

実は、彼は子供の頃田舎で嚙まれて以来、犬も苦手なのである。動物の毛のアレルギーもある。

しかし、茶色の犬は目をキラキラさせて幹柾の足にまとわりついてくる。

「わっ、寄るな。しっしっ」

幹柾が手を振り回すと、犬は無邪気な顔でパッと伏せ、それからちょこちょこと幹柾の元を離れ、入管を待つ列に並ぶ人たちの足元をくんくん嗅ぎ回った。

床に置かれたカバンに飛び乗ったり飛び降りたり、元気いっぱいに駆け回る。

あちこちで不意を突かれた客たちの悲鳴が上がった。

「うそー」

「なんで犬？」

「すいませーん、ここに犬がいますよー」

「飼い主、どこー？」

首輪をしているし、毛並みもよいから人に飼われているものだろう。しかし、リードはついていない。

犬は愛嬌《あいきょう》たっぷりに蛇行して走りつつ、皆の注目を集めた。

幹枉は、また自分のところに駆けてくるのではないかとびくびくしつつ、へっぴり腰で犬の行方を見守る。

全く吠《ほ》えないのは、よく訓練されているからだろう。律儀に列の全員の足元を通過し、くねくねと走り回る。

辺りの客の反応を窺ってみても、飼い主らしき姿は見当たらない。動物を運ぶキャリーバッグのようなものを持っている人もいない。いったいぜんたい、このケダモノはどこから現れたんだ？

二人の警備員が駆けてきた。

スコットは来るわ、犬は現れるわ、今日の警備員は大忙しである。

入管の列のあいだで、二人は犬を挟むように立った。

じりじりと間合いを詰めていくが、犬のほうは無邪気に二人を見上げてハッハッと舌を出して嬉《うれ》しそうにしている。彼らを遊んでくれる相手とでも思っているらしい。

が、二人が飛びつこうとすると、するりと股間をくぐって走り抜けてしまった。

「くそっ」

警備員が悪態をつく。

離れたところでコーギー犬は立ち止まり、警備員を振り返ると愛嬌を振りまいた。明らかに、向こうは遊んでいる。

「おい、網持ってこい。前に使ったことがある。備品ロッカーに入ってるはずだ」

「はい」

年嵩のほうの警備員が若いほうに指示した。若いほうは頷いて駆け出していく。

前にも使ったことがあるとは。こういうことはよくあるのだろうか。

さっきの足元でまとわりつく感触を思い出し、幹柾はゾッとした。

コーギー犬は、自分を睨みつけている警備員に向かって愛らしく首をかしげた。

もっと遊ぼうよ、と言っているようにしか見えない。

警備員は、周囲に向かって叫んだ。

「すみません、この犬の飼い主の方、いらっしゃいますか?」

人々が互いに顔を見合わせるが、名乗り出る者はいない。

「ったく、困ったな。どこから出てきたんだ」

ぼやきつつも、警備員は再びじりじりとあいだを詰め、ふと思いついたように犬の前でパッとしゃがみ込んだ。

そして、手を差し出して「おいでおいで」をしたのである。

犬は一瞬きょとんとし、それからちょこちょこと警備員に向かって近付いてきたが、途中でピタリと足を止めた。

「ほら、おいで」

警備員は猫なで声を出して、優しく手招きする。

が、犬のほうはなぜか警戒心を覚えたようだった。その場所から前に出ようとはせず、じりじりと後退し始めたのである。

ふうん、なかなか賢いな。彼が自分と遊ぼうとしているのではないことに気付いたらしい。

警備員が距離を詰めようと一歩進めば、犬は一歩下がる。更に近付こうとすると、犬のほうもより後退する。

そうこうしているうちに、若い警備員が捕虫網を大きくしたようなものを持って戻ってきた。確かに、小型犬ならじゅうぶん入る大きさである。

年嵩の警備員はやってきた若いほうを手で制すると、網を渡すようそっと手を振った。その間も、犬から目を離さない。

いつのまにか、周囲は固唾《かたず》を呑んで警備員対コーギー犬の攻防を見守っていた。

若い警備員は犬の視界には入らないように身体を低くして網を渡す。

年嵩の警備員は、犬に差し出している手とは反対側の手でそれを受け取り、背中の後ろに隠すようにした。

「おいで。いい子だな」

作り笑いを浮かべ声を掛けるいっぽう、そろそろと網を持った手を横に出していく。

一瞬ののち、示し合わせたかのように双方が動いた。

警備員は網を上から振り下ろし、コーギー犬はそれを避けてサッと飛びのいたのである。

おお、というどよめきが上がる。

今や完全に危険を察知し、コーギー犬はあっというまに駆け出していた。

胴体は長く足は短いが、実に俊敏な動きで、まるで茶色い稲妻である。

そして、その稲妻はなぜか一目散に幹柾目がけて突進してきたのであった。

「ギャッ」

幹柾は再び情けない悲鳴を上げたが、あまりにコーギー犬は素早く、逃げる暇はなかった。

幹柾の足に飛びついて周りをぐるぐると回ってから、どこかにパッと駆け去った。

「追いかけろ!」

警備員にハッパを掛けられ、若いほうが走り出す。

犬は入管ブースの列に背を向け、発着ゲートの通路のほうに一目散に駆けていき、たちまち見えなくなった。

「大捕物だなあ」

「今んとこ、犬の勝ち」

みんなが犬と警備員の行方を見送ると、溜息をついて前に向き直った。

ブースの中の職員も一緒に大捕物を眺めていたが、我に返ったように皆が業務を再開する。

やれやれ、まさかこんなところで犬に出くわすとは。幹柾は身震いした。

あのケダモノに触っただろうか？　くそ、帰ったらよく手を洗わねば。くしゃみが出ないところを見ると、アレルギーが出るほどの接触はなかったようだ。

足元にまだ犬の体温が残っているようで、気持ちが悪くてたまらない。

幹柾は、思わずシャツで神経質に手を拭った。

11

三《み》隅《すみ》渓《けい》は、男性が担架で運ばれていくのを見送ると大きく伸びをした。

安心して気抜けしたのか、ふわっと欠伸も出る。

あーあ、帰国するなり働いちゃった。

肩をコキコキ回す。

一緒に立ち去ろうとした警備員が、床に落ちている布袋に目を留めた。

「誰だ、こんなところにこんな大きなゴミを」

「あ、それあたしのカバン」

警備員がギョッとしたように渓を見て、気まずそうに帽子をかぶり直すと足早に離れていった。

失礼しちゃうな、人のカバンをゴミだなんて。

だが、確かにパッと見は床に汚れた布が落ちているとしか思えない。空港のじゅうたんのほうがよく掃除されていて、彼女のカバンよりもよっぽど綺麗だ。警備員は正しい。

渓は立ち上がってカバンを拾い上げた。

元々は白かったのだが、泥と歳月のせいでなんだかよく分からないどんよりした色になってしまっている。でも、丈夫な帆布でできているのでまだまだ使えるし、何より、この一見貴重品が入っているとは思えない見てくれが大事なのだ。誰も盗もうと思わないからである。

渓はカバンを肩に掛けると、もう誰もいない空港通路を見渡した。

もうこれ以降、飛行機は離着陸できないのではないか。外はひどい天気だし、これからの便は欠航だろう。

日本に帰ってきたことをいつも実感するのは、せっせと掃除をしている人を見かけた時である。エスカレーターの手すりに雑巾を当てて立ち止まり、じっとしているところなど、まず日本以外で見かけたことがない。

文字通り、塵《ちり》ひとつ落ちていないし、皆明らかに掃除に強い「意義」を感じている。なんでも「道」にしてしまう日本で、掃除は精神修行のひとつという「信仰」の根強さを感じるのである。

日本人は、神は信じてないけど掃除は信じてる気がするなあ。

このあまりのクリーンさに息苦しさを覚えることもあるが、やはり歩いても呼吸しても砂《すな》埃《ぼこり》を吸い込まずに済み、髪も靴も汚れないというのはありがたい。

それに、帰国していちばんの楽しみは、お湯をたっぷり張った風呂に思う存分浸《つ》かれることだ。

あたしは神は信じないけど、日本の風呂は信じるわ。

渓は湯気の立ったバスタブを思い浮かべてうっとりした。五か月ぶりの日本の風呂である。

さあ、とっとと帰ろう。

通路を歩き出す。

そういえば、さっきの男の子、よく動いてくれたな。とっさにあの子を選んだのは正しかったわけだ。

ヘッドフォンを首に掛けた、優しそうな顔の青年を思い浮かべる。

修羅場で瞬時の判断を求められることが多く、しかも一人でできることは限られているので、その場で使える人間を探し出せるかどうかが生死を分ける。適材適所が身に染みているため、渓は人を見る目には自信があった。必要に迫られてと言ってもいいが。

あの時周りに多くの人がいたけれど、彼を選んだのは、顔に心の柔らかさが表れているように感じたからだった。心が外に開かれていると感じる子は、急に指示してもだいたい反応がいい。不思議なもので、本当に顔にそう書いてあるのだ。

そう、今回のアシスタントの顔を見た時、嫌な予感がしたんだよね。

渓はひょろりとした青年医師の顔を思い浮かべる。

全くあのガキゃ、ボーイスカウトやってたってのは本当かよ。トカゲ見て気絶するか、普通？

思い出して、今更ながらにふつふつと怒りが湧いてきた。

あいつに比べりゃ、さっきの子のほうが使えそう。あの子、普通のビジネスマンという感じじゃなかったなあ。童顔だったから若く見えたけど、ああ見えて結構いってたのかな。ひょっとすると、あの大ボケトカゲ野郎よりも上かも。

何かが視界の隅でキラッと光ったような気がして、渓はそちらに目をやった。

監視カメラ。

どんどん小型化しているので目立たなくなっているが、帰国するたびにカメラが増えているような気がする。

それはどこの国でも同じで、特に都市部の街角には凄い勢いでカメラが増えた。どこの誰が管理しているのか分からないものも多いという。

空港は国の玄関口という性格もあってか、元々カメラの多い場所ではあったが、更に数が増えて、死角がなくなってきているように思う。いや、実際もう死角はないのだろう。

渓は、音もなくジッと映像を記録しているカメラを意識し、警備センターにある無数のモニターが次々と切り替わっていくところを想像した。そこに映っている、汚い布袋を提げた中年女の姿も。

映像解析技術の進歩は凄まじい。ネット上にある顔写真を引っ張ってこれるから、あたしがどこの誰かもすぐに分かるだろうし、あたしが世界のどこで何をしているかも筒抜け。おっかない世の中になったもんだわ。

子供の頃に読んだSF小説を思い出す。

コンピューターの容量がどんどん大きくなるにつれ、個々の機械の連携がシナプスのような働きをし、やがてコンピューター全体が脳のような機能を持つようになる。

その結果、ある日ついにコンピューターは「意思」を獲得する。

コンピューター——彼らは、より多くのデータを要求するようになる。データを活用することではなく、データを集めること自体が目的となってゆき、手に入れられないデータがあることが我慢できなくなる。個人情報のすべてを知り尽くそうとあらゆるところに監視の目を光らせ、人間の行動を見張るようになるのだ。更に、自分たちに不利な行動——破壊行為や活動を制限する動きなど——を察知するや否や、人間の社会生活の隅々に張り巡らされた仲間に連絡し、インフラを停止するなどの実力行使に出るのである。

考えてみれば、ある意味、とっくにあの世界は実現されてるわけだわね。

渓は通路を進みながら考えた。

監視カメラが彼女の動きに合わせて動くのを感じる。

通路に一人だけ残っていたので、イレギュラーな動きの乗客ということで注視しているのだろう。

でも、コンピューターが完璧にこの世を支配してくれるならまだいい。不完全な支配なのが問題なのだ。完璧なシステムなんて有り得ない。時を経れば必ず劣化し、修理が必要になる。

文明がこんないびつな形で進歩するなんて、誰も予想していなかったのだろう。ある部分だけはものすごく進化しているのに、それ以外は古いまま。世界はつぎはぎだらけで、誰も全貌を把握していない。

時速五百キロで移動できても、怪我をしたら糸と針で縫わなければならない。遠い宇宙から動画が送れても、飲み水は井戸から汲《く》んでこなければならない。

そのあまりの落差に眩暈《めまい》がするほどだ。

あー、煙草《たばこ》吸いたい。

禁煙していたはずなのに、急に吸いたくなった。

いくら技術が進化しようと、人間の肉体と精神はたいして昔と変わっていない。コンピューターに煙草が吸いたいという気持ちは分からないだろうし、なぜ身体に悪いものを体内に入れたがるのかも理解できないだろう。人間の感情はかくも矛盾だらけで不合理で、全然技術の進歩に追いついていないのだ。

パッと顔を見た瞬間にその人が頼りになるかどうかなんて、機械には判断できないだろう。それとも、いつかはそういったものも数値化されて、目に見えるようになるのだろうか？

顔認証の技術で年齢が割り出せるように、それぞれの個人の能力までカメラ越しにコンピューターが数値化したりして。

その場面を想像してみて、渓は苦笑した。

あんまりありがたくない。

入管ブースに並ぶ列は、かなり短くなっていた。

列の入口に据えてある大きなカメラは、高熱を発している者がいないかどうかを測定しているカメラだ。

四十度近い熱を出していると、モニターの中で真っ赤になって見える。

まだインフルエンザの流行には早い季節だから、ほとんどの乗客はスルーしている。

ふと、最近医療関係者のあいだで噂されている、ウイルス性とみられる奇妙な新型肺炎のことを思い出した。

症状はSARS（重症急性呼吸器症候群）に似ていて、風邪に似た咳、頭痛等の症状が出たと思ったら、突然高熱を発し、急速に肺が壊死《えし》して、呼吸困難に陥る。

奇妙な、というのは、世界各地でぽつんぽつんと散発的に患者が発生していることである。

これまでに報告があったのは中東、東欧、北アメリカ、東南アジア。発生した場所もバラバラならば、感染した人種と年齢もバラバラ。どこかで発生して拡散していったとか、それぞれの患者に接点があって感染したというのなら分かるが、患者どうしに面識はなく、発症前に移動や渡航をしていたわけでもないという。

感染源が特定されず、発症の時期もまちまちなので、感染してから発症するまでの潜伏期間も分からない。

今のところ、患者からの二次感染は確認されていない。サンプル数が少ないので、まだ死亡率ははっきりとは言えないが、感染が確認されている者の半数が死亡している。

規則性もなく離れた地域で発生するので、「孤独な肺炎」という通称名で呼ばれているという。

もっとも、風邪と肺炎というのは珍しい病気ではないので、埋もれている患者がいるはずだ。実際はもっと患者が多いのかもしれない。

気味が悪いな、と渓は思った。

実は、彼女が滞在していた中東の難民キャンプでもその「孤独な肺炎」と思われる患者が一人発生していて、発症してから一週間で亡くなってしまったのだ。

しかも、その患者は北ヨーロッパから来たNGOのスタッフで、感染したのはその一人のみ。

風邪気味なんだよと言って咳き込んでいたら、翌日にはもう高熱で起き上がれなくなっていた。

あまりに急激な悪化で、輸送機で本部に搬送した時には意識がなく、急速に肺が損なわれたので手の施しようもなかった。

医療スタッフは騒然となった。自分たちも感染しているのではないか。だとしたら、日々接する難民にもうつしてしまうのではないか。

健康状態がよくない難民にとって、風邪や肺炎は死に直結する。しかも、密集して暮らしているところにウイルス性疾患が入り込んだら、たちまち大流行してしまう。皆で警戒したが、結局他に感染者は出なかった。

それもまた不思議な話で、誰もがキツネにつままれたような顔をしていたのを覚えている。いったいどこで感染してきたのか？

亡くなったスタッフの行動と接触した相手は分刻みで調べられたが、やはりどこで感染したのかは全く分からなかった。調査が主な目的で、各地を移動してあまり長時間一か所に滞在しなかったのが二次感染のなかった理由だろう、ということになった。遺体は病理解剖され、アメリカのＣＤＣ（疾病予防管理センター）などに組織が送られたはずである。

渓は、なんとなくカメラの前を通る時に緊張した。いつも衛生状態のよくないところから帰ってくるので、病気に感染していたら、それを日本に持ち込んでしまったら、という不安は消えない。

もちろん、熱はないし、体調は悪くないという自覚はある。だけど、ついつい——通り過ぎても、特に誰かに声を掛けられるわけでもなく、渓はホッとした。

渓は、本当に列のしんがりだった。

他の列ももうほとんど残っていないし、後ろには誰もいない。

あー、やっと帰ってきた。

渓は布袋の内ポケットからくたびれたパスポートを取り出した。

塵ひとつ落ちていない国、「湯水のごとく」お湯を流せる国、息苦しくも快適なあたしの母国に。

12

意外と普通のところなんだなあ。

ドアの向こうに通された時、小津康久は拍子抜けするのを感じた。

そこは、どこでも見かけるような、ありふれた明るいオフィスだった。

奥に区切られた小部屋が幾つかあるようだが、思いがけないほど開放的な造りである。

康久は、正直なところ、ちょっとがっかりした。

TVドラマで見る、警察の取調室のような閉鎖的な空間を想像していたのだ。入ってすぐ左のところに、カウンターとぐるりと三方を壁に囲まれた待合室のような広いスペースがある。壁に沿って、淡いグレーの背もたれのない長椅子が並べてあった。大きな歯科医院の待合室、という感じである。もっとも、がらんとしていて雑誌やパンフレットの類が全く見当たらないのが歯科医院とは異なるところだ。

そこに何人かの人がいた。

「順番があるので、ここでしばらくお待ちください」

内田という大柄な職員がニコリともせずにそう言って長椅子のほうに目で促した。

順番。

康久よりも前に連れていかれたあの鳥の巣頭の青年の姿がない。

たぶん、小部屋のどれかにいるのだろう。

他にも二つほど部屋があるようだ。みんな使用中ということか。

並んでいる部屋のいちばん奥に、開いたドアが見え、人体の解剖図のようなものが見えた。あそこはきっと医務室なのだろう。学校の保健室と同じ気配を感じる。高熱を発している人や具合の悪い人に聞き取りをする場所に違いない。

そういえば、最近東南アジアでおかしな新型肺炎の患者が出たという話を聞いたな。どこだっけ、ちょっと意外なところだった記憶がある――タイとの国境付近だったっけ？それとも、スマトラ島だったかな。

突然高熱を発して重篤《じゅうとく》な肺炎を起こし数日で死亡。けれど、渡航歴もなくどこから感染したのか全く分からなかったという。

康久は、長椅子の端っこに腰かけた。

同じスペースにいる他の人たちを見るのは失礼だと思い（つまり、俺もそう思われているわけだ）、なんとなく視線を逸らし、俯《うつむ》き加減に座ってみたのだが、近くに座っているアジア系の若い女性がしくしく泣いているのがどうしても気になってしまい、ちらちら盗み見てしまう。

どこの人だろう。最近の若いアジア女性はファッションでも化粧の仕方でも均一化していて、国籍の見分けがつかない。康久は、かつては靴で見分けていた。日本の女性が絶対履かないような靴（だいたい極端に派手で、具象的な柄がついている）というのがあって、少なくともこの人は日本人ではない、と判断する目安にしていたのである。しかし、このごろでは靴でも判別不能になってきた。

うーん、見た目からはちっとも分からない。七分丈のペパーミントグリーンのパンツも、青いブラウスも、よくあるファストファッションブランドのものらしく、サンダルも普通だ。アクセサリーもシンプルで、何も目立つところはない。インドから向こう、中近東の人たちはじゃらじゃら金のアクセサリーを着けるのでこれもまた見分けがつくのだが。

ここにあの鳥の巣頭の彼がいれば、俺の気付かないところに目を付けて、たちどころに突きとめられるのかもしれないな。

康久はあの青年の広い背中を思い浮かべていた。憮然とした表情でちらっと康久を見た青年。

いったい彼は、どうして足止めされたのだろうか。日本語は綺麗だったが、海外暮らしの長い人のような気がする。

人のことより、自分のことを心配しろよ、と康久は自分に突っ込みを入れた。

なんだってまた？　帰国して入管で足止めされるなんて初めての経験だ。何も身に覚えはないんだけどなあ。帰国直前の、マレーシアでの行動を考えても、何も思い当たる節がない。

だけど、さっきの職員の様子だと、職員は俺のパスポートにスタンプを押そうとしていたのに、内線電話がかかってきてやめたのだ。それに、この部屋に入る前に鳥の巣頭の彼のことを聞いた。

ひょっとして、彼が原因なのか？　俺が彼と話をしているのを見ていて、関係者だと思ったのだろうか。じゃあ、やっぱり彼には何か問題があるのか？

康久が悶々《もんもん》と悩んでいると、またあの職員が足早に出ていくのが見えた。

やがて、子連れの男女が入ってきた。

悄然とした様子の男女。小さな男の子が、男の足にしがみついている。

うわ、怪しい。

康久は、変な柄のシャツを着ている男を一目見るなり、思わず目を逸らしてしまった。何かいけないものを見てしまったような気がしたからである。

パッと連想したのは「麻薬の運び屋」という言葉だった。恐る恐るもう一度見る。

なんなんだ、あのサングラスは。白髪交じりの長髪も怖い。日本人なんだろうか？

やつれた様子の母親がうなだれている。

ヒモ？　子連れの帰省を装って麻薬を持ち込んだとか？　それとも妻の実家に金をせびりに来た？

母親が子供に話しかけている。何か説得しているようだが、子供は頑としてきかない。目が真っ赤なのは、泣いているのか？

その頑なな様子は、康久にはこう主張しているように見えた。

こいつを逃がさないで。こいつがいつもお母さんを虐《いじ》めるんだ。お母さんが見ていない時は僕のことも。おじさんたち、こいつはひどい奴なんだ。お願い、こいつをなんとかして。男は激しく汗を掻いていた。顔色も悪い。まさか、ヤク中？

康久の頭の中にはＤＶ、虐待、運び屋、売人、などという不穏な単語が次々と浮かんでくる。

職員は、三人に待合室で待つよう伝え、立ち去った。

男女はあきらめた表情でとぼとぼと待合室の中に進み、康久の斜め向かいに並んで腰かけた。

もちろん、康久はそちらを見ない。

少し身体の向きをずらして、視界に入らないようにする。

向こうも同じらしく、男女は俯き加減に無言で座っていた。

「――本当に、申し訳ありません。息子《むすこ》が、たいへんなご迷惑を」

女は凪人に向かっておずおずと話しかけてきた。大きな黒目が息子と同じで小動物っぽい。

「いや、その、驚きました」

凪人は「慣れていますから」と言うわけにもいかず、苦笑した。

向かい側に座っている日焼けした男が、極力こちらを見ないようにしているのが分かる。

きっと、怪しいチンピラだと思っているに違いない。

違うんです、俺、今日は生まれて初めてノーチェックで入管を通過できるところだったんです。そう叫びたいのを必死に押しとどめる。

「どうしてまた、彼は僕のことをダディだなんて言ったんでしょうね？　僕はご主人に似てるんですか？」

「いいえ、ちっとも」

女は首を振った。

「ますます不思議ですね。しかも、彼は僕に助けてと言いました」

凪人は声を潜めた。

少年は凪人の足にしがみついたまま、うとうとし始めている。

「いったい何から助けてほしいんでしょうか？」

女は無言だった。目は足元の一点を見つめており、答える気がないことが伝わってくる。この件には関わり合いにならないほうがいい、と匂わせていることは明らかであり、おのずと彼女の抱えているトラブルの深刻さを表していた。

こうして近くから見ると、彼女は憔悴《しょうすい》していた。化粧っ気もなく、若いのに肌にハリがない。「着の身着のまま」という言葉が浮かんだ。

なんだろう、暴力夫だろうか？　日本がハーグ条約に加盟する前は、国際指名手配される日本人女性のほとんどが、子供を連れて出国された父親からの訴えだと聞いたことがある。今はどうなってるんだろう。

「すみません、さしでた真似を」

凪人が謝ると、女は慌てて手を振った。

「とんでもありません。こちらこそ、この子があなたを巻き込んだんですものね。本当にすみません――ところで」

ふと思い出したように女は凪人を見た。

「あなた、お子さんいらっしゃいますよね？」

凪人は面喰らった。

「え？　はあ、いますよ。女の子が一人」

「やっぱり」

女は大きく頷いた。

「というと？」

「この子、子供のいる人は分かるらしいんです。しかも、自分の子供を可愛がっている人は」

女はうとうとしている少年を見た。その時だけ、少し表情が和む。

凪人はハッとした。

その子、だれ？

凪人に真顔でそう問いかけた時の顔を思い出したのだ。あれはやはり梨音のことを言っていたのだろうか。

「でも、離婚して今は元妻のところにいるんで、一緒に暮らしてはいませんよ」

「あら、そうなんですか。でも、可愛がってらしたでしょ？」

「はあ。そりゃ、娘は可愛いですよね。はっきり言って甘いです。だけど、女の子っていうのは成長早くてね。会うたびにどんどん大人になって、もう追い抜かれた感じです」

凪人は頭を掻いた。

「女の子はそうかもしれませんね」

女は微笑《ほほえ》んで、少し心配そうな表情になった。

「男の子は、のんびりしてますよね――この子も、ちょっとぼうっとしてるっていうか、まだ赤ちゃん言葉というか。みんな、そのうち追いつくって言うんですけど」

女は小さく溜息をつき、眠っている少年の頭を撫でた。

確かに、ちょっと舌ったらずというか、ぽつんぽつんとしか話さない子だった。何歳だろう。四、五歳かな？

凪人はそっと少年を抱き上げて自分のひざにもたれさせてやった。子供の高い体温を身体に感じるのはずいぶん久しぶりで、懐かしいといってもいいような感覚だった。

彼の口元から流れたよだれが凪人のズボンに染み込んでいることには、気が付かないことにする。

あれ、おかしいな。

康久は、斜め向かい側に座った男女の様子をチラチラ窺っていたが、最初の印象が少しずつ変わってくるのを感じていた。

かすかに声が聞こえてくるが、互いに敬語を使っている。てっきり夫婦なのかと思ったら、どうやら違うらしい。

しかも、話している様子を見ると男は意外に礼儀正しく、知的な感じだった。優しく手慣れた様子で少年を抱き上げて寝かせてやるのを見て、見た目とは違う気がしてくる。

いったいどういう関係なんだ？

混乱したが、興味も湧いてくる。

いっぽう、隣の若い女性はまださめざめと泣き続けていた。よくもまあ涙が続くものだ。

ずっと俯いてハンケチを顔に当てているので、まだ顔が見えない。あのポーズのままでいるのは、相当疲れるんじゃないだろうか。

と、何やら辺りがざわざわしているのに気付いた。

奥のほうから警備員が小走りにやってくる。職員も険しい顔をして無線に何事か囁いている。

どうしたんだろう、何かあったのかな？

康久は、そっとカウンターの向こう側を覗き込んだ。慌ただしくスタッフが通路を行きかう。

ひょっとしてさっきの爆発と何か関係があるんだろうか。

康久が伸び上がって見ていると、向かいの男女も様子がおかしいことに気付いたようで、やはり背伸びをしている。

それでもまだ、女の子は泣き続けている。

この異様な雰囲気でも泣けるとは、ある意味凄い度胸かもしれない。

ドアが開き、また別の青年が入ってきた。

首にヘッドフォンを掛けた、今ふうのこざっぱりしたなりの青年である。しゅんとした様子なのはなぜだろう。

彼もまたこわもての職員に「待合室」に案内されてきたが、他の職員と警備員はそれどころではないようで、待合室に待つ「お客」など目に入らぬようにあちこちに連絡をしている。新入りの青年も、きょとんとしたようにそのさまを眺めていた。

いったい何が起きているのか。

康久は不安になった。

まるでこの待合室だけが、世間の流れから取り残されているような。

ふと、カウンターの脇の壁に掛かっている日めくりが目に入った。カレンダーなら分かるが、こんなところにこういうクラシックな日めくりがあるなんて。他には何も貼っていないので、自然と目が吸い寄せられる。

九月三十日。金曜日。

ざわざわしているのは、この「別室」のフロアだけでなく、ドアの向こうの入管のほうからも人のどよめく気配がする。

奇妙なことに、そのざわめきには、かすかに興奮が含まれているようでもある。

なんで？

康久は座っていられずに立ち上がってしまった。

大挙して警備員が出ていくのを見ていると、奥の小部屋のドアが開いたことに気付いた。

ひときわ長身のあの青年が出てくる。彼があまりに大きいため、頭をかがめて小部屋から出てくるさまは、なんだか不思議な手品でも見ているようだった。

青年はドアの外で立ち止まり、困惑した表情で考え込んでいる。

「君！」

康久は思わず声を掛けた。自分が声を掛けられたと気付かないのか、青年はじっとしている。

「君、大丈夫だった？」

康久が近付いていくと、ようやく青年は顔を上げ、びっくりした表情になる。

「どうしてあなたまで？」

「分からないんだよ」

君のことを聞かれたんだ、と喉元まで出かかっていたが、何かがそれを言うのをためらわせた。

「さっぱりわけが分からない」

青年は首を振った。

「やっぱり、ヘンですよ、今日は」

青年は声を低めた。

「何かある」

岡本喜良は、日本で「別室」に案内されるのは初めてだったので、小津康久と同じく、その意外にアットホームな場所であることに驚いた。

海外ではこれまでに何度か「別室」行きになったことがあり、それこそ監房みたいな場所を幾つか体験していたのだ。

しかも、中の待合室のような場所にいるよう指図されたものの、連れてきた職員はすぐさま喜良には興味を失ったようで、どこかに行ってしまった。

なんだか騒がしいな。

喜良はざわざわしている警備員の表情を眺めた。

どうしたんだろう。何かあったんだろうか。こっちが放っておかれるところを見ると、重大なことのようだ。

「待合室」には何人かの男女がいた。この人たちも、皆ボクと同じく足止めされているんだろうか。

泣いている女の子。日焼けした中年男。怪しい親子連れ。男の子は父親のひざで寝ている。違法入国、という言葉が浮かんだ。

もう一人、奥の隅でひっそりパソコンの画面を見ている冴えない感じの親父がいた。何か作業をしている。ネットが通じないから、書類でも作っているのだろうか。のっぺりとした顔。年齢不詳というべきか。思ったよりも若いのかもしれないし、実は見た目よりもいっているのかもしれない。「Gさん」に似てるな、と喜良は思った。「Gさん」は彼の高校時代の同級生で、五嶋《ごとう》という苗字《みょうじ》と「爺《じい》さん」を掛けたあだ名である。非常に淡白な性格の上に若白髪で老け顔だったため、「年寄り臭い」と言われてすんなり定着したあだ名だった。映画館に学生料金で入ろうとするといつも咎められ、学生証を見せてもなかなか信じてもらえなかったとか、妹と町を歩いていたら父親扱いされたとか、いろいろな逸話の持ち主であった。しかし、同窓会で会うたびに、「Gさん」は若返っていく。というよりも、ずっと顔も印象も変わらないので、いつしか周囲が追い抜いてしまったのだ。それでもあだ名は「Gさん」のままである。

一方、喜良は昔も今もこの童顔のまま。ずっとガキっぽいので「キラキラ」と呼ばれていたし、今も呼ばれている。

喜良は椅子に腰かけようとしたが、警備員が後ろを慌ただしく通り過ぎていくのにびっくりして座る機会を失っていた。

なんだろう。

ただならぬ様子を感じつつも、彼はどこかで違和感を覚えていた。

喜良は、デザインなどに集中している時は周りが何も見えないが、それ以外の時は視野が広い。むしろ、普段はいろいろなものが目に入って気になってしまうので、ヘッドフォンなどで意識して遮断しているのかもしれない。

その時、彼がその空間で感じた違和感の正体は少しして分かった。

あの「Gさん」だ。

もちろん、本当の名前などは知らないが、喜良は奥に座ってパソコンに向かっている親父が、全く顔を上げずに作業を続けていることに違和感を覚えていたのだ。

それも、平然とした無関心な様子で。

ここに座っているからには、入管で止められたか何かした人だろう。おのれの処遇を不安に思い、周りの様子から何か情報を得ようときょろきょろしているのが普通だと思うのだが、彼はこの異様な雰囲気の中でも全くそんなそぶりを見せなかった。よほど度胸がいいのか、それともふてくされているのか、あるいは自分のことに必死なのか。

他の三人の大人は腰を浮かせて自分と同じく様子を窺っているので、余計に態度の差が気にかかる。

手前で泣いている女の子も顔を上げなかったが、こちらはまだ若いし、自分のことで精一杯で、周りが目に入らなくても仕方がないと思うのだけど。

と、日焼けした男が誰かに気が付いて立ち上がった。彼が近付いていくのは、奥から出てきたものすごく背の高い青年だ。

うわー、おっきいなこの人。日本人かしらん。

知り合いらしく、何やらひそひそ言葉を交わしている。

と、ドアの向こうのざわめきが大きくなった。

バタンとドアが開き、ドアの向こうの喧噪《けんそう》と繋がった。慌ただしく入ってきた一団に目が吸い寄せられる。

警備員に囲まれた、ひょろっとした若い男に目が留まる。インド系っぽいが、どこかで見たような気が――

「あっ」

喜良と日焼けした男性は、同時に叫んでいた。

それが、ここしばらくずっとニュースを騒がせていた人物だと気付いたのだ。

ゴートゥヘルリークスを立ち上げて、アメリカ当局から追われる羽目になったベンジャミン・リー・スコット。彼が日本に来るなんて話は、ちらりとも聞いていなかっただけに、喜良は思わずその日焼けした男性と顔を見合わせた。

「あの――アメリカのあの人ですよね」

「ええ。あのサイトの」

そう確認し合っていた。

文章の癖での個人認証。それはいったいどういう仕組みなんだろうと、同僚と話し合ったことがあったのだ。喜良のデザイン事務所には、ドイツ人や中国人もいて、彼らも数か国語が話せて語学に堪能だったが、それでもいったいスコットの脳みそがどうなっているのか見当もつかない、と言っていたのが記憶に新しい。

スコットは、警備員や職員よりもずっと落ち着いていて、おとなしく奥に向かっていた。芸能人だって、こんなに近くで見たことがない。今現在、世界中に名を知られているという点では、芸能人よりもずっと有名かもしれない。

「日本に来るとは思わなかったな」

「ボクもです」

ひそひそ囁いて、スコットが通り過ぎるのを見守っていた時、突然、誰かが叫んだ。

「ベンジー！」

「えっ」

喜良と日焼けした男は同時にその声の主を振り返った。

声は英語で続けた。

「ベンジーじゃないか！　僕のこと覚えてる？」

喜良たちだけではない。警備員に職員、そしてスコットも声のしたほうに振り向いたのである。

声の主は、あの凄く背の高い青年だった。

みんながぽかんとして彼を見ていたが、青年はつかつかと近寄っていき、気安く手を振った。

「ほら、思い出さないか？　グリニッジ標準時、さ」

うん？

喜良は一瞬聞き間違えたのかと思った。

今、彼、グリニッジ標準時って言ったよね？　どういう意味だろう？

スコットもあっけにとられて青年の顔を見ていたが、口が「あ」の形になり、大きく目を見開いた。

「トト？」

「そうだよ、トトだよ」

それまでの無表情が嘘のように、スコットは相好《そうごう》を崩し、嬉しそうな顔になった。

「トトか。うわあ、おまえでっかくなったなあ。何年ぶりだよ？」

「えっと、十五年ぶりくらい？　いや、もっとかな」

「日本に戻ってたのか」

「というか、今も向こうと行ったり来たりだね。今日は久しぶりに戻ってきたんだ」

「奇遇だなあ」

確かに奇遇だ、と喜良は思った。片方は警備員を引きつれているし、片方は足止めを喰っている。どうやら幼馴染らしいが、この日この時、この場所に二人が居合わせる確率を考えると気が遠くなった。

「行くぞ」

警備員たちが我に返ったらしく、スコットに促した。スコットもハッとしたように表情を引き締める。

「ベンジー、大丈夫か」

職員に下がるように促されたが、青年はスコットに声を掛け続けた。

スコットは落ち着いた表情で頷く。

「僕は大丈夫だ」

その声は、静かな確信に満ちている。

「今にそれが分かる」

「え？」

青年が聞き返したが、スコットはサッと辺りを見回した。何かに目を留めたように思えたが、一瞬奇妙な笑みを浮かべ、くるりと背を向けて歩き出す。

「ベンジー」

青年はもう一度声を掛けたが、スコットはもう振り向かなかった。

一団はいちばん奥のドアを開け、向こう側に消えた。

ドアの向こうの喧噪も収まったようである。

「びっくりしたなあ。君、彼と知り合いだったの？」

日焼けした男が青年に聞いた。

「はい。子供の頃、イギリスの学校で一緒だったんです」

「もちろん、ゴートゥヘルリークスの件は知ってたんですよね？」

喜良も話しかける。

「ええ。彼の天才ぶりは子供の頃から抜きん出てたから、将来必ずどこかで有名になるだろうと思ってたけど」

青年は小さく肩をすくめた。

「まさかこういう形でとは思いませんでした」

「あれ、どういう意味なんですか？　最後になんだか思わせぶりなこと言ってたけど」

喜良はスコットが去り際に見せた奇妙な笑みを思い浮かべていた。

「今にそれが分かる、とか」

青年は腕組みをして考え込んだ。

「僕にも分からないな。なにしろ、言葉を交わすのは小学校以来だし」

喜良はきょろきょろと辺りを見回した。

スコットが何かを見て、何かに一瞬目を留めたような気がしたからだ。

「どうかしました？」

日焼けした男が喜良に尋ねる。

「あの――彼、どこか見てませんでした？」

「どこかって？」

「気のせいかもしれませんけど、彼、何か見てたんですよ――歩き出す前に、ちょっとだけ笑って」

日焼けした男と青年も、つられて辺りを見回す。

しかし、何もないがらんとしたスペースだ。壁と長椅子、子供が一人、成人男性が五人、女性二人。

唯一、日めくりのカレンダーが壁に掛かっている。日めくりというのが珍しい。

日めくりっていかにも日本的だ。毎日、新しい一日。昨日はめくりとって、捨てていく。過去は水に流してしまう。

そういえば、以前、製紙メーカーに頼まれて、新しい日めくりのデザインを考えたことがあったっけ。毎日捨てる、というところから発想して、ティッシュペーパーやトイレットペーパーでできた日めくりや、一日分のサプリメントの包みが日めくりになっているものや、一日の終わりに燃やしてリラックスできる、お香を含む紙でできた日めくりなんていうアイデアもあった。

「ひょっとして、あれかな」

喜良がそんなことを考えていると、日焼けした男も日めくりに目を留めた。

「ここで目に留めるようなものなんてあれしかない」

「じゃあ、日付を見てたってことですかねえ？」

三人で顔を突き合わせ、じっと日めくりを見つめる。

「今日って、何かあったっけ」

九月三十日、金曜日。

「彼にとっては大事な日付なのかもしれませんよ。誰かの誕生日とか。彼の誕生日はいつ?」

青年は首を振った。

「クリスマスなんです。印象的だったから覚えてる」

「違うか」

日焼けした男が肩を回した。

「日めくりって外国にもあるの? 少なくとも欧米で見かけたことないよね。彼はパッと見てあれがカレンダーだってこと、分かったかな」

「でも、三十という数字を見れば、今日のことだというのは分かったんじゃないでしょうか」

「決算とか?」

あの奇妙な笑み。

写真や映像で見たスコットはどれも無表情だっただけに、あの微笑が思いがけなく、喜良の脳裏に焼き付いていた。

なんだろう、あの自信。まるで全世界を敵に回しても平気だとでもいうような、ゆるぎない自信に満ちた表情だった。

思い込みというのではない。すべてを検討し尽くして、準備万端整えた者だけが見せることのできる表情。

「彼、なんで日本に来たんだろう。ロシアには事前に亡命申請してたけど、たぶん日本政府には何も言ってきてないよね」

日焼けした男が不思議そうに呟いた。

「どう考えても、日本政府が彼の入国を許可するとは思えない。早晩、移動せざるを得ないね。次はどこに行くつもりなのかな」

「時間稼ぎなのかもしれません。あのベンジーに限って、行き当たりばったりに日本に来たとは思えない」

「これも計画のうちってこと？」

「たぶん。彼は思いつきだとか、無駄なことは絶対にしません。それは子供の頃から徹底してました」

背の高い青年はきっぱりと言った。

「彼、チェスも強くてね。ずっと先まで手を読むのが面白いと言うんで、将棋を教えたら、いっときすごく嵌《は》まってました。過去の定跡《じょうせき》について、熱心に研究していたくらいです。一見無駄に見える手が大局で見るとそうでない場合があるのが面白い、と言ってたのを覚えてます」

意味深な台詞だ。日本に来たのもそういう手のひとつなのだろうか。

「あのう」

喜良は、青年に気になっていたことを聞いてみることにした。

「さっき、ボクの聞き間違いでなければ、グリニッジ標準時って言いませんでした?」

「え? あれ、聞こえました?」

青年は苦笑した。

「僕も聞いたよ。やっぱりそう言ったんだ」

日焼けした男も頷く。

「彼も、そう聞いて君のこと思い出したみたいだったし——あれ、どういうこと?」

「たいしたことじゃありません」

青年ははにかんだ。

「僕、イタミトトキっていうんです」

「だからトト、って言ってたんだ」

「トトキってどういう字書くんですか?」

「テンオクロック、午前午後十時の十時と書いて、とときと読むんです」

「珍しいね」

「なぜかっていうと、イギリスで、グリニッジ標準時の夜十時ぴったりに生まれたからなんです。名前の由来を説明する時に、いつもそう説明してました。ベンジーもそのことを覚えてたんでしょう」

13

成瀬幹柾がその部屋に入っていった時、なぜかパッと頭に浮かんだのは、ずいぶん前――もう十年以上前になるだろうか――に観た、甥っ子が出ていた舞台のことだった。

成瀬一族をどう思うかと尋ねられたら、彼らを知る人々は「地味で手堅い」とコメントするのではないだろうか。親戚を見渡してみても、およそ華やかさとは縁遠い堅い仕事にばかり就いているし、幹柾自身、生真面目で面白みのない一族だという自覚がある。甥っ子の両親である妹夫婦も公務員で、むりやり芸能関係と結び付けるとすれば、せいぜい夫婦揃って刑事もののドラマが好きだというくらいである。

そんな一族の中で、甥っ子だけが幼稚園の頃から人前で歌ったり踊ったりするのが好きだった。それも、身びいきを差し引いてもなかなかの芸達者であり、学芸会の類ではいつも彼の独擅場。とにかく人の目を惹き付ける才能があることは間違いなかった。あまりにも一族の中では異色なので、いっとき妹は親戚と顔を合わせるたびに真顔で「本当におまえの子なのか？」と言われるのに辟易《へきえき》していたほどである。

とまれ、甥っ子は歌ったり踊ったりしつつすくすくと成長した。中学校からは演劇部に入り、大学では自分で劇団を立ち上げ、アルバイトと公演に明け暮れた。もしやこのまま役者になってしまうのかと思ったら、やはり長じて手堅い一族の血が俄《にわか》に蘇ったのか、「これからは芝居は趣味で続ける」と宣言してあっさり堅いところに就職したのである。すわ成瀬一族初の芸能人誕生かと固唾を呑んで見守っていた親戚一同は、安堵半分、落胆半分であった。

今でも休日は学生時代の劇団仲間と芝居を続けているようで、このたびめでたく結婚の運びになった相手も、当時の仲間の一人だという。

妹夫婦とは仲がよく、よく行き来していたので甥っ子も幹柾には懐いており、演劇を始めてからはよく公演に招待された。仕事が忙しくなかなか足を運べなかったが、それでも何度か観にいったことがあったのだ。

それを観たのは、甥っ子が高校生の時の文化祭だったと思う。学校の講堂での上演で、パイプ椅子を並べた客席で、妹と一緒に観たことを覚えている。

幹柾はその方面には全く疎いのでよく分からないが、妹の話によると、なんでも世界的にとても有名な戯曲を下敷きにしたもので、同じ演劇部の生徒が書いたオリジナルの脚本だという。

開演前、幹柾は尋ねた。

どんな話なんだ？

えーと、待ち合わせしてて、来るはずの人を「来ないなあ、来ないなあ」って噂しながらずっと待ってるって話らしいよ。

なんだそれ。で、結局、そいつは来るのか？

妹は嫌そうな顔をした。

知らないわよ、あたしだってあの子から聞いた話をそのまましてるだけだもん。

で、待ってるあいだ何してるんだ？　いったいその話のどこが面白いんだ？

だから、実際の芝居を観てよ。それは下敷きになったほうの話だから、今度やるほうの話はあたしだって分かんないよ。元の話はとっても有名な不条理劇なんだって。

なんだよ、不条理劇って。

そういうジャンルがあるらしいよ。

来ないんなら、携帯で連絡取ればいいじゃないか。こっちから迎えにいくとかさ。

たぶん、携帯がなかった時代の話なんじゃないの？　いいから、観てよ。

開演前に二人は険悪な雰囲気になったが、「まもなく開演いたします」という放送が入ったので、前を見て黙り込んだ。

緞帳《どんちょう》が上がると、舞台の上には長椅子が二つ並んでいて、六人ばかり人が並んで腰かけていた。

コートを着た男とか、スーツ姿の男とか、みんな違う恰好をしていた。かつらをかぶって、年寄りらしく見せかけている子もいる。

甥っ子を探したが、長椅子に座っている人物の中にはいなかった。

確かに、それは誰かを待つ話だったと思う。いや、バスだったかな？　ずいぶん前のことだから忘れてしまったというのもあるが、正直に言うと、観ているあいだも幹柾には話の内容がさっぱり分からなかったのである。

長椅子に腰かけている登場人物が立ったり座ったりしながら「来ないな、来ないな」と呟いていたのは覚えている。たまに誰かが来て、「そろそろ来ると思うよ」と言ったりして、期待はさせるのだが、やはり待てど暮らせど、その「待っている人」は来ないのである。

「待っている」のは幹柾も同じだった。

なにしろ、甥っ子その人がなかなか舞台の上に現れないのだ。いつもは出てきた瞬間に分かるのに。

いつ出てくるんだ、いつ出てくるんだ、とじりじりしているうちに舞台は半ばを過ぎ、やっぱり舞台の上で人物が立ったり座ったりしているうちに、いつのまにか終わっていた。緞帳が下りて、講堂は大きな拍手に包まれた。他の観客はこの話の内容が理解できたのだろうか。ついに甥っ子は一度も現れなかった。

「あいつはどうしたんだ」

「変ね、出てこなかったね」

「ひょっとして、あの老けメイクをしてた子か？」

拍手をしながら妹と首をひねっていると、最後の挨拶にだけ甥っ子が出てきてお辞儀をした。

「おまえ、どこに出てたんだ？」

後から客席のほうにやってきた甥っ子を問い詰めると、彼はきょとんとした。

「俺、今回は演出だけだって言ったじゃん」

「演出？」

「役者の指導するほうだよ。こういうふうに演技してってって頼むほう」

「なんだ、そうだったの。だったらそう言いなさいよ」

妹が拍子抜けしたように呟いた。

甥っ子が天を仰ぐ。

「何度も言ったじゃーん。俺、今回は舞台には立たないよって」

「えーっ、そうだっけ？」

幹柾はどっと疲労を感じた。

そう、あれは確かに人を待つ話だった。

いつまでも出てこない甥っ子をひたすら待ち続ける話――

あの時のまさに「不条理な感じ」が鮮やかに蘇るのを、幹柾はこの「別室」のどんよりとした空間で感じたのである。

さっき幹柾と話していて、えらい剣幕で連れられていった女性は不満そうな顔で長椅子に座っていた。隣に俯いている若い女の子がいて、ちらちらとそちらを見ている。主人に電話させろと主張していたが、もう固定電話は使わせてもらったのだろうか。今は隣で泣いている女の子に気を取られているようだ。声を掛けたくてうずうずしている様子が伝わってくる。基本的に世話好きなのだろう。

幹柾はぐるりと殺風景な部屋を見回した。

これが入管の「別室」か。

ずいぶん人がいる。女性が四名。子供が一人。男性五名。幹柾も入れれば六名だが。

行きずりの人々。よそよそしく、不安そうに腰かけている人々。まるでいつまでも甥っ子が出てくるのを待っていたあの芝居の一場面のように。

まさかこんなふうに足止めを喰らうとは思わなかった。早くなんとかしないと、甥っ子の結婚式の準備もあるし。

と、近くでぽつねんと立っていたバックパッカーのような身なりの中年女性と目が合った。異様に目力がある。

日本人だろうか、と思ったら、向こうから声を掛けられた。

「お兄さん、煙草持ってたりする？」

見た目のイメージ通りのガラガラ声。

日本人だ。

「いや、もうずいぶん前に止めました。飴《あめ》なら持ってますが」

「あら、残念」

女は肩をすくめた。

「猛烈に吸いたい気分だったのよ。あたしももう止めたんだけど」

幹柾は相槌《あいづち》を打った。

「そういうことってありますよね。だけど、どっちにしても、ここ禁煙じゃないかな」

「かもね。今どき、パブリックスペースはどこも禁煙よね」

女は部屋の中を見回した。禁煙と明記されていないが、灰皿は見当たらない。

幹柾は、不意に煙草の香りが鼻の辺りに蘇るのを感じた。彼女につられたわけでもないだろうが、ものすごく久しぶりに煙草を吸いたいという衝動に駆られたのだ。

この状況でストレスを感じているからだろうか。ここ数年、吸いたいと思ったことはなかったのに。

「あなたも足止め?」

女は腕組みをして尋ねた。

「ええ、まあ」

「なんだってまた、こんなに待たされてるのかしら。入管職員はどこ?」

「さっきベンジャミン・リー・スコットが連れていかれましたから、そっちに掛かりきりなんじゃないですか。アメリカからも突っつかれてるでしょうし、こっちに構ってるどころじゃないんでしょう」

「ベンジャミン、なに?」

女はきょとんとした。

「ベンジャミン・リー・スコットですよ。ゴートゥヘルリークスを立ち上げて、アメリカが指名手配してる」

「へえー、知らなかったなあ。それって最近の話？」

「ここ数週間はニュースでもその話ばっかりですよ」

「浦島太郎だな。ずっと中東にいたから」

「道理で。その彼が、数日前はロシアにいたんですけど、ロシアに亡命を拒否されてどういうわけか日本に来たんです。さっき入管に来て、ものものしく連れていかれましたよ」

「日本に亡命するつもりなの？」

「それはないと思いますけどね。時間稼ぎじゃないのかな。次は中米か北欧を目指すでしょう。支援者からの連絡を待ってるのかもしれない」

「連絡といえば、携帯電話が全然繋がらないんだけど」

女はシャツのポケットに手をやった。そこに入っているのだろう。

「午後からずっと通信障害らしいです」

「珍しいね、今どき」

「それも、通信各社みんなだそうです」

「ますます珍しい——でも、それを言うなら、珍しいといえば」

女はチラッと周囲を見回した。声を潜め、幹柾に囁く。

「こんなのも珍しいね」

幹柾はどきんとした。

「何が？」

「こんなに大勢足止め喰らってるのも珍しいし、もっと言えば」

女は更に声を潜めた。

「これ、ほとんど日本人よね？」

「ああ、なるほど」

女の言いたいことは分かった。入管というのは、帰国してきた日本人はほとんどスルーパスだ。何かトラブルがあるとすれば、外国人が入国するケースがほとんどである。

「昨今は在留カードで管理してるし、日本語学校にしろ就労関係にしろ、両国でデータを共有してるから、昔みたいなトラブルは少ないのかもしれない」

「にしても、奇妙よね。こんなところで待たされて。あなた、何か足止めされる覚えある？」

女は鋭い目つきで幹柾を見た。幹柾は困惑する。

「いえ、全然。あなたは？」

「何度も中東に行ってるからだとしか思えないなあ。政情不安定なところばっかりだし、ここ数年は日本にいるよりも向こうのほうが長いし」

「お仕事ですか？」

「まあね」

「じゃあ、今回も向こうから？」

「そう。久しぶりの帰国。あなたは？」

「私はアメリカからです。向こうで工場の管理をしてるんで。私も帰ってくるのは久しぶりだ」

「とっとと風呂に入りたいなあ。早く済ませてくんないかな」

女は伸びをし、溜息をついた。

その時、幹柾は強い視線を感じた。

誰かが見ている。

そっと部屋の中を見回す。

ぼそぼそと小声で話しているものすごく背の高い青年と日焼けした中年男以外、皆ぼんやりとしている。

誰だ？

ふと、幹柾は、ずっと泣いていた若い女の子がほんの少しだけ顔を上げてこちらをじっと見ているのに気が付いた。

　前髪のあいだから覗いている目は、ガラス玉のようで、なんとも奇妙な色を帯びている。日本人じゃないのかな。

　幹柾は落ち着かず、ぎくしゃくとして意味もなくジャケットの襟をいじった。

　そこに、首にヘッドフォンを掛けた童顔の男がやってきて、隣の女に話しかける。

「さっきはお疲れ様でした。あの人、大丈夫でした？」

「うん、無事搬送された。ありがとうね」

「とんでもない」

「君も足止め喰らってるとはねえ。何か心当たりある？」

「はあ、なんとなく。以前も何度か止められたことがありますから」

　青年はもぞもぞした。

「なんで？」

「えーと、パスポート見てもらえば分かるんですけどね。持っていかれちゃったから今は無理だけど」

「およそ怪しいところはないように見えるのにね」

「ボク、飛行機好きなんです。ずっと乗ってたいんです。本当に、純粋に飛行機が好きなんだけど、なかなか信じてもらえなくて」

「つまり？」

女は怪訝そうな顔になった。

青年はおっとりと説明する。

「だからその、一度も空港から出ずに、また同じ飛行機で戻ったりするわけですよ。たとえば、東京から名古屋《なごや》に行くのも、飛行機で新千歳《しんちとせ》行って、新千歳から名古屋に行く。あるいは、那覇《なは》空港に行ってから名古屋に行く」

「はあ。観光で？」

「違いますよ」

青年はもどかしそうに首を振った。

「とにかく、飛行機に乗っていたいだけなんですよ。観光なんて興味ありません。沖縄行ったら空港から出ないで、すぐに名古屋への便に乗る。北海道もそう。そうすれば、一日のうちに幾つも空港を回れるし、ずっと飛行機に乗っていられるんですよ」

幹柾と女は嬉々《きき》として話す青年にあっけにとられた。青年は目をキラキラさせて話し続ける。

「ただ、日本だと、飛行機はどこに行ってもせいぜい二時間くらいしかかからないでしょ。

一日中乗ってるっていってもたかがしれてます。だけど、国際便なら本当に一日中乗っていられるわけです」

青年はうっとりと話し続けた。

「時差をうまく使えば一日に何度も夜明けを見られたりするし、滞空時間は限りなく長くなる。いつも浮遊してるっていう感じがいいんですよねー」

「それって、時差ボケが大変じゃないの？」

女があきれた顔で聞くと、青年は平然と答えた。

「ボク、不眠症気味なんで。それに、時差ボケも飛行機の醍醐味《だいごみ》のひとつです」

幹枉と女はそっと顔を見合わせた。

鉄道おたく、それもひたすら電車に乗っていたいといういわゆる「乗りテツ」の話は聞いたことがあるし、知り合いにも何人かいるけれど、「乗りヒコ」を目にするのは初めてだった。

羨ましい。

幹枉は心の底からそう思った。

俺なんか、一分でも一秒でも飛行機に乗っている時間を縮めたいと思っているのに。乗らずに済ませられるものならそうしたい。飛行機の離着陸に毎回恐怖している身からすると、そろそろ二十一世紀も半ばを迎えるのだから、違う推進力の乗り物――それこそ、空飛ぶ円盤みたいな、すっと垂直に上がってサッと空中を移動し、またすっと下りる、みたいな乗り物ができないものだろうかと切望しているくらいなのだ。

なのに、わざわざ望んで飛行機に乗り、常に空高く浮かんでいたいとは。世の中にはこういう人もいるのだ。

「じゃあ、君のパスポート、凄いことになってるわけね」

女が苦笑いすると、青年は頷く。

「おまけに最近は海外での仕事が多いんで、ついつい余計なところに寄っちゃうんですよね。全く用もない国に、空港だけ。同じ日付でいっぱいスタンプが押してあると、どうしても怪しまれちゃって」

「そりゃそうだわ。海外でどうやって説明するの？　納得してくれる？」

「なかなか納得してくれませんね。これまでにこんな乗り方をしてきたって必死に説明するんですけどねー。クレイジーだって言われて」

確かにクレイジーだ。運賃だって馬鹿にならない。よほどポイントが貯まっているのか。

「乗りヒコ」青年と話をしていても、幹柾は長椅子に座ってこちらを窺っているように思える若い女の視線が気になっていた。

なんだろう、この視線の異様さは。

気のせいだとは思うものの、ざらついた心地にさせられる。

と、ドアがばたんと開いて、二人の警備員が入ってきた。

犬の鳴き声がして、幹柾は反射的に全身が強張るのを感じた。

みんなの目がそちらにパッと向く。

若いほうの警備員が手にしている大きな捕虫網の中で、さっき逃げたコーギー犬がもがいているのが見えた。

ついに御用になったわけか。

警備員のぐったりしている様子から、ずいぶん手こずらせたらしい。

「どうします?」

「奥にケージがあったはずだ」

「餌《えさ》、ありますかねえ。これって検疫に渡すんですか?　それとも忘れ物扱いになるんですかね?」

「ったく、飼い主はいったいどこにいるんだ」

足早に奥に歩いていく。

網の中から恨めしそうな声が聞こえてくる。見た目に反して、コーギー犬の声は意外に野太く、低い声だった。綱は大きく揺れており、今にも飛び出してきそうな勢いである。綱を持っている警備員も必死だ。

そういえば、コーギー犬は見た目は愛らしいが元々は牧畜犬として作られた品種で、非常に賢くタフな犬なんだと誰か犬好きな奴が話していたっけ。

元々凄い運動量に耐えられる犬だから、ペットとして飼う時にもうんと遊ばせないといけないの。でないとすぐに太る。あれだけ胴長なんだから、太ると致命的なのは想像がつくだろ？　元々脊椎《せきつい》が変形しやすいんだ。

あの短い尻尾《しっぽ》は、牛に踏まれないよう生まれた時に切ってしまうからだと聞いてびっくりしたのを覚えている。

「犬？」

「犬ですね。なんでこんなところに」

女と「乗りヒコ」青年はぽかんとして警備員の後ろ姿を見送っていた。

「あれ？　ペットって今一緒に乗れるんだっけ？」

女が思い出したように尋ねた。

「いえ、貨物室だと思います」

「だよねえ。だったらどこから出てきたの、あの犬」

「不思議ですね」

　確かに不思議だ。あの犬はどこから降って湧いたのだろう。

「──はぐれた飼い主は、今ごろ心配してるでしょうねえ」

　そこに、日焼けした男が加わった。

　ぽろりと零《こぼ》れた独り言のようで、いかにも同情した様子だったので、幹柾は思わず尋ねてしまった。

「あなたも犬を飼ってるんですか?」

　男は左右に首を振った。

「いえ、うちは猫です。雑種が二匹。久しぶりに帰国して、ゆっくりミドリとナオコと遊べると思ったのに」

　日焼け男は溜息をついた。

「ミドリとナオコっていうの?」

　女が聞きとがめた。

「猫にしては人間臭い名前ね」

「はい。ミドリが二代目でナオコは四代目です」

　話を聞いていた面々は目をぱちくりさせた。

「え？　どういう意味？」

「女房が村上春樹《むらかみはるき》のファンで」

「あ、『ノルウェイの森』か」

「乗りヒコ」青年が叫ぶ。

「はい。代々ミドリとナオコを名乗ることに」

「襲名じゃあるまいし。猫は名乗らないでしょうが」

「はあ。でも、うちでは猫にこれ以外の名前は付けないことになってて、オスでもミドリとナオコなんです。なぜかナオコと名付けたほうはいつも病弱で」

「幸《さち》薄い登場人物の名前を付けるからよ」

「やっぱりそうなんですかねえ。僕も実は密《ひそ》かにそう思ってるんですが、そう言うと女房が怒るので。今の子も、身体が弱くて、しょっちゅう目を腫らして、目ヤニで目が塞がっちゃうんですよねー。見ててかわいそうで」

「じゃあ、アレ付けたりするんだ。なんていうんだっけ、犬とか猫が自分の顔に触ったり、傷口舐《な》めたりしないようにするやつ。えーと、シャンプーハット――じゃなくて、エリマキトカゲみたいな――」

　女はもどかしそうに首の周りで手をひらひらさせた。

「エリザベス？」

「乗りヒコ」青年が呟くと、女は大きく頷いた。

「そうそう。あれって一般名詞なの？　それとも通称？」

「正確にはエリザベスカラーって言うんですよね」

「乗りヒコ」青年は日焼け男の顔を見た。

日焼け男も頷く。

「うちの猫は付けるの嫌がって、いつも大騒ぎですけどね。あれ、エリザベス一世の肖像画から来てるって聞いたけど。世界史の教科書に載ってましたよね、あの、首の周りに白い大きな襟が付いた服着てる絵」

「へーっ、ほんとにエリザベス女王が語源なんだ」

「そもそも、なんであんな襟なんですかねえ、エリザベス一世」

「乗りヒコ」青年が首をかしげた。

「権威付けでしょう」

「それこそ、あんなでっかい襟が付いてたらご飯食べるの大変だろうなあ。いちいち襟押さえないと」

「ご飯食べる時は着ないんじゃないの。ここぞという時に着る服なんじゃない？」

「勝負服ですか」

「痩せてる人はね、上半身にボリュームを出さないと貫禄が出ないのよ。きっと痩せっぽちだったんじゃないの、エリザベス」

「でも、あんなでっかい襟が首の周りに付いてたら、歩く時に足元が見えないんじゃないですか？　かなり危険ですよ」

「そこはきっと、お付きの者がいて、誘導するんでしょう」

「あの襟、じっと見てるとそのうちプロペラみたいにくるくる回って、空飛ぶんじゃないかって気がするんだよね」

幹柾は軽い眩暈を感じた。

およそこのような状況で交わされる会話とは思えない。

こんなところに連れてこられること自体、かなり異様なことだというのに。

と、奥のドアが開いて、さっきの警備員の若いほうがひとかかえもあるケージを持って戻ってきた。

「あ、戻ってきた」

幹柾はまた反射的に身体が強張るのを感じた。

野太い、不満そうに吠える声。

ケージの中にはさっきのコーギー犬が入っていた。

警備員は足早にやってきて、長椅子の脇にケージを置いた。

「すいません、しばらくここに置かせてもらいます」

そう言うと、再び足早に戻っていき、ドアの向こうに姿を消した。

一同はあっけにとられた。

「なんでここに置いてくのよ」

「我々と同じ扱いってことですねえ」

「入管で足止め喰らったってことでは確かに同じ立場だけど」

中でコーギー犬はせわしなく動き回っている。ケージの隅に、水とトイレがセットしてあった。

「餌はなかったみたい」

「飼い主はどこにいるんだろう」

「首輪に連絡先とか書いてないのかしら」

女と日焼け男がケージに近付いてしゃがみ、犬の首輪を覗き込んだ。

かまってもらえると思ったのか、犬は目をキラキラさせ、歓迎の様子である。ケージに身体をすりよせて、愛嬌をふりまく。

「すごく人なつっこい犬ね」

「飼い主も明るい人なんだろうなあ」

それまで遠巻きにしていた他の人たちも、気になるのか犬のほうに身を乗り出している。

ふと、例の若い女が気になった。

彼女はケージのいちばん近くに座っている。ずっと俯き加減だったが、今は顔を上げて、ケージを見下ろしていた。

だが、その視線がやけに冷ややかなのだ。

愛らしい犬を目にした時に若い女性が見せる反応とは思えない。

彼女も犬嫌いなのだろうか？　ならば、身体を引くとか、そういう反応をしそうなものだが、そういう感じでもない。

ふと、幹柾は、いつのまにか小さな男の子が近付いてきて、少し離れたところからじっと若い女を見つめていることに気が付いた。

やがて、パッと犬のケージに駆け寄った時、こつんとひざが女に触れた。

びくっとして立ち止まる少年。

大きく見開かれた目。

ひどく真剣で、集中している。

初めて目にするものを見つめる時の、子供が全身全霊で対象を受け止めよう、理解しようとしている目だ。

彼も、彼女に対して何か異様なものを感じ取っているのだろう。それがなんなのかは幹柾自身も言い表せないのだが。

女の隣に座っていたあの中年女性も、ずっと彼女に話しかけようとしているのだが、逡巡しているようだ。どこかそれをためらわせるものがあるらしい。

しかし、女がぼんやりと犬のケージを見下ろしているのを見て、何か思い当たったとみえ、とうとう声を掛けた。

「ねえ、あなた、ひょっとして具合が悪いんじゃないの？　大丈夫？」

幹柾もそれを聞いて「ああ、なるほど」と思った。

そうか、気分が悪かったのなら、これまでの態度も頷ける。無表情なのも、周囲の様子にも無頓着《むとんちゃく》なのも、周りを拒絶するような緊張感が漂っているのも仕方あるまい。

幹柾はなんとなくホッとした。

そうだ、それなら自然だ。

女は静かに顔を動かして、自分に話しかけた中年女のほうを見た。

中年女は、一瞬「あれ？」というような不可解そうな表情になった。

が、気を取り直して女の肩にそっと手を掛けた。
「あなた、顔色が悪いわ。ひょっとして、熱があるとか――」
言いかけて、女はハッとして全身を強張らせ、手を引っ込めた。
まるで、感電でもしたみたいに、文字通り硬直している。
少年が、じっと若い女の顔を見ている。
身じろぎもせず、すべてを見透かすような目つきで。
今、彼の目には、いったい何が映っているのだろうか。
中年女は息を呑み、自分の口に手を当てた。みるみるうちに真っ青になる。
「まさか」
中年女はかすかに喘ぐと、誰かに助けを求めるように周囲を見回した。
その目に浮かんでいるのは明らかにパニックである。
周りにいる全員が、きょとんとして彼女の様子に注目していた。
「そんなはずは。まさか。でも。やっぱり」
中年女はぼそぼそ呟きながらも、口をぱくぱくさせていた。
自分が何を言っているのか、何が言いたいのか把握できていないようである。
何が彼女をこんなにパニックに陥れているのか？

みんなが戸惑いつつ、互いの顔を見合わせていた。

「あ――その――えーと、この人――いや、これ」

女は震える指で、隣の若い女を指さそうとしているようだが、うまくいかなかった。指さそうとしてもできない。そんな感じなのだ。何をこんなに動揺しているのか？　さっき見せた度胸からは予想もできない、うろたえた様子が滑稽《こっけい》ですらあった。

皆の顔に巨大な「?」が浮かんでいる。

その時、少年がぽつんと呟いた。

「――キカイ」

「え?」

大人たちが少年を見る。

「中、キカイ」

その意味を、皆は一瞬把握し損ねた。

キカイ?

中年女は、少年の顔を見て、何度も頷いた。

「そう、そう、そうなの。この子」

女はごくりと唾を呑み込んだ。

「に——人間じゃない」

「はあ？」

同時にみんなが間抜けな声を上げた。

その時、若い女は顔を上げ、初めてぐるりと皆を見回した。そして、こう言った。

「はい。私は人間ではありませんが、キャスリンです」

14

後になってから、小津康久はこの時のみんなの反応を興味深く繰り返し思い出すことになる。

さあ、あなたならどうする？

そもそも、ヒトはこんな時どう反応すべきなのだろう？

それまで同じスペースで談笑し、隣にいたのが人間だと思っていたら、実は人間そっくりに造られたヒューマノイドだと気付いた瞬間に？

まず、感じたのが強い恐怖であったということは否定できまい。

この世のものならぬ、本来あってはならないものがそこにいるという、根源的な恐怖。未知のものに対して生物が抱く、原始的な恐怖だ。

　恐らく、最初から知らされていれば話は別だったと思う。

　この部屋の中に人間そっくりのロボットがいますよ、画期的なんですよ、と白衣を着た誰かやスマートにスーツを着こなした広報部の誰かが予告してくれていれば、全然態度は異なっていただろう。

　うわあ凄い、本当にそっくりね、よくできてるなあ。あくまでも会話の中心は「技術はここまで進歩したのか」という驚きと感動で、その後の話題は現時点での技術面の課題や、これからの人類への貢献面についてだろう。

　むろん、その帰り道、同行者と「あそこまで似てると怖いよね。電車で隣に座ってても気付かないんじゃないかなあ」と、こっそり打ち明けたりはするだろうが。

　だが、不意打ちとなると全く反応は異なる。

　なにしろ、ここは空港で、入管のオフィスである。ここにいるのは、入国に難ありとして足止めを喰っている人間たちであり、どこかの大学の研究室ではない。

　なぜ、なんのために、そもそもなぜ「彼女」(キャスリンという名前であることは判明したわけだが。しかし、どう見てもアジア人なのだが、なぜキャスリンなのだろう。日系アメリカ人という設定だとか？　命名の理由を聞いてみたいものだ)が、むきだしのまま（服は着ているが）、なんの説明もなく今ここにいるのか。

後から考えてみると、康久が最も恐怖を感じたのはそこだった。「彼女」の存在そのものに対する恐怖より（それも全くなかったというと嘘になるが）、今ここに「彼女」がいること、それ自体が恐ろしかったのだ。

紛れもない、異物。見た目は人間と同じでも、構成する物質は全く異なる。

まさか、伊達《だて》や酔狂《すいきょう》で「居る」わけではあるまい。モニター用、広報用、ましてや「どっきりカメラ」でもあるまい。

世界中の技術者や研究者は常に開発費用をどこから引っ張ってくるかに頭を悩ませ、胃を痛くしている。

これほどの出来の「彼女」一体にべらぼうな費用がかかっているのは明らかだ。

今後も「彼女」の性能を上げるべく開発を続け、将来どこかでこれまでの経費を回収するためには、「彼女」に遊んでいる暇は全くない。一分一秒、二十四時間、彼女の経験値のデータを記録し、常に誰かが張り付いて絶え間ない技術へのフィードバックが行われているだろうから、「彼女」がここにいるのは当然ながら「仕事」なのだ。誰かが明確な目的を持ってここに「彼女」を送り込んだのであり、「彼女」がここにいることを許可したのだ。「彼女」が突如降って湧いてくるわけはないから、誰かが意図した結果、「彼女」はここにいる。

そのことが怖いのである。

だから、エンジニアの端くれとしては、完全に騙《だま》されていたということに（なんだかおかしな子だなあと感じてはいたが）驚嘆し、人間そっくりの見てくれという技術に感嘆すべきだったと思うのだが、その場で真っ先に康久が示したのは生物としての反応であり、概《おおむ》ね他の面々と同じだった。

強烈な恐怖と拒絶反応。

つまり、「ひいっ」と叫んで、思わず飛びのき、「彼女」のそばから逃げ出したのである。

逃げなかったのは、じっと「彼女」を見ていた男の子と、ほとんど腰を抜かしていて動けなかった、「彼女」に話しかけた隣の中年女性だけであった。


岡本喜良も、その瞬間は原始的な恐怖に襲われて後退りしたものの、同時に頭の片隅に浮かんだのは「ついにこの日が来たか」ということだった。

そう――いつかはこの日が来ると、漠然と感じていたその日――知能を持ったロボットと対面する日、である。

いや、既にその日は来ていたという人もいるだろう。

産業機械は一世紀も昔からとっくに彼らが主流であるし、家庭の中にもペット型ロボットや掃除ロボットが入り込んでいる。車や家電、インフラだって、機能的に見ればもうほとんどロボットだ。とりたてて言うこともない、もうその日はずっと前に来ていたのだ、と。

だが、「彼女」を目の当たりにした衝撃は、喜良にとってはまさにファースト・コンタクトとしか言いようがなかった。

自分とそっくりの似姿を造り出したい、それに命を吹き込みたいという願望は人類の悲願だった。よく考えてみると、奇妙な願望ではある。生物の本能が子孫を残すことを目指すのは当然だが、なぜ自分の似姿を造り出したいという衝動が人類だけに太古から宿っていたのだろう？

しかし、人類は人形を造り、肖像画を描き、せっせと自分たちに似たものを造り続けてきた。

産業革命が起きた頃、人類は楽観的だった。科学技術は一直線に発達すると考えられていたし、未来はひたすら明るかった。人類を月に送り込む頃には、「それ」は二十一世紀にはできているだろう、と誰もが疑わなかった。

しかし、二十世紀も後半を迎えると、予想以上にハードルが高いことがじわじわと分かってきた――人間そっくりのロボットを造ること、それはすなわち「人間とは何か」を定義することに他ならなかったからである。研究すればするほど、我々は自分たちのことを全く理解できていないことを思い知らされるばかりだったのだ。人間というハードについても、ソフトについても。

やがて、悲観論が湧き起こる。我々は二十世紀中に二足歩行のロボットすら製造することはできないであろうと。ましてや、人間の脳に代わる機械なぞ、創造することは不可能であろうと。

それでも、なんとか二足歩行のロボットは二十世紀中に間に合った。よちよち歩きではあるものの、日本のメーカーがブレイクスルーを果たしたのである。

喜良の父親が、初めてそのロボットを映像で見た時、強い恐怖を感じたと話していたのを覚えている。拙《つたな》い動きではあったものの、紛れもなく人間のようにおっかなびっくり「歩いている」ロボットを見て、何かこの世ならぬものを見ている気がした、と。けれど、しばらく見ているうちに慣れ、徐々に親しみが湧いてきたそうだ。

その後、ロボットの二足歩行はよりスムーズになり、ハード面——身体能力は飛躍的な進歩を遂げた。しかし、ソフト面——本物のAI（人工知能）を獲得する目標を達成する道は、遥《はる》かに険しかった。

そもそも、人工知能とは何か？

たとえば、身近で最も人工知能っぽい、コンピューターは人工知能なのだろうか？

確かにコンピューターの演算機能は凄まじい勢いで発展した。

人間と対戦してチェスや将棋に勝ち、TVの難しいクイズ番組に勝つことはできるようになったが、それはべらぼうに速い演算能力を駆使してしらみつぶしにデータを検索し、勝率や正答率を確率的に計算した結果である。ものすごくたくさんの計算をものすごく速くできたからといって、果たしてそれを「考えている」と言えるのか？　それを「知能」と呼べるのだろうか？

ここまでくると、もはや哲学の領域である。AIの研究は枝分かれした。当然、それはAIを搭載するロボットの研究にも当てはまる。あくまでも人間そっくりの似姿を目指すもの、機能に特化して身体機能の延長として考えるもの、見た目にこだわらず特殊な作業をするためのもの、生体反応としての脳の再現を目指すものなど、それぞれが「AI教」の宗派のように独自の道を進むことになったのである。

相変わらず、知能とは何か、人工知能とは何かという定義はバラバラのままで。

子供の頃からロボットのデザインにも興味を持っていた喜良は、ロボットとAIの開発の難しさや課題については、少しは理解しているつもりだった。

試行錯誤しているうちに、二十一世紀も時を刻み、鉄腕アトムの誕生日はとっくに過ぎてしまった。ドラえもんの誕生日までは生きられそうにない。きっとボクが生きているうちに対面することはないんだろうなあと考えていた喜良は、まさかこのような形でヒューマノイド型ロボットとファースト・コンタクトを果たすとは、思ってもみなかったのだ。

だから、初めて体験するこの原始的かつ強烈な恐怖は、彼にとっては強い感慨と言い換えてもいいくらいの体験だったのである。

しかも、以前から限りなく見た目が人間そっくりなヒューマノイド型ロボットの研究が進んでいることは知っていたが、そこにいる「彼女」は実に見事な出来だった。

遠巻きにしつつも、喜良は「彼女」の細部をしげしげと観察していた。

凄い、リアルさもここまで来たか。

シリコンの肌の質感、髪の感じや身体の線の存在感、すべてが自然である。

よく見ていると、瞬きもしているし、何より自然なのは、人間の最大の特徴――じっとしていられない――という特徴が再現されているところだった。若干おとなしめではあるが、人間がそこに存在しているだけで現れる、動きの「揺らぎ」めいたものがあるのだ。

誰かモデルがいるのかな？　こういうヒューマノイド型ロボットは、実在する人間から型を取って造ることが多いし、そのほうがリアルに仕上がる。それとも製作者のオリジナルだろうか。

ぱっとこの部屋に入ってきて、ここにいる人たちをざっと見回しただけでは、まず「彼女」がそうだとは気付かないだろう。

しかし、それでも限界はある。しばらく一緒にいると、違和感を覚え、少しずつそれが大きくなってくる。「彼女」は何かがおかしい、たぶんみんなそう感じていたはずだ。

決定的だったのは、犬に対する態度だろう。「彼女」には普通の若い女性が示しそうな反応ができなかった。「可愛い」とか、あるいは動物は苦手だとか、どちらにせよ「反応」そのものができなかったのだ。

「彼女」――いや、もう既に「キャスリン」という名前であることははっきりしたわけであるが、誰もが「彼女」を遠巻きにしたまま、しばらく動くことができなかった。


凪人は、自分が夢を見ているのか、悪夢を見ているのか、さっぱり分からなかった。

やはり、すんなり入国できると思ったのが間違いだった。なんなんだ、この状況。自分が未だかつてない異様な体験をしていることは認めざるを得ない。

キャスリンは自分が周囲に与えた衝撃はよく心得ているようだった。じゅうぶんみんなに驚く時間を与え、その事実が行き渡ったことを確認してから軽く頭を下げた。

「さぞ驚かれたことと思います。驚かせて申し訳ありません」

顔を上げ、ニッコリ笑う。

それが自然な笑顔でアイドルのように可愛らしかったので、みんなが一瞬見とれた。

なんと、彼女の頰にえくぼが現れたのを、凪人は見逃さなかった。キャスリンを造った奴は、絶対に趣味と実益を一致させたに違いない。

「もちろん、皆さんに危害を加えることはありませんので、ご安心ください」

声は明るくハキハキしていて、親しみやすかった。アニメの声優を思わせる声で、むしろ華やかすぎる、と感じるくらいである。発声も自然だ。

「えーと、あんた、誰？」

ずっとパソコンをいじっていた親父がぶっきらぼうに尋ねた。

「キャスリンです」

キャスリンはハキハキと答える。

親父はもどかしそうな顔で首を振った。

「だから、そういう意味じゃなくて、なんのためにここにいるの？」

それは些かシュールな場面であり、シュールな質問であった。

が、親父の言いたいことは誰もがよく分かった。このシチュエーションでなぜ「彼女」がここにいるのか。

「ああ、はい、質問の意味は了解しました。私は入管職員のアシスタントです」

「アシスタント？」

「はい。普段は情報収集がメインなんですが、今回は特別にこうして皆さんとお話しさせていただくことになりまして」

「じゃあ、ひょっとして、さっき泣いてたのは演技？」

日焼けした男がおずおずと尋ねた。

「はい」

キャスリンは悪びれもせずに頷いた。

「ちなみに、涙は出るの？」

素朴な疑問、というふうで日焼け男が質問する。

キャスリンはぱちぱちと瞬きをした。

「涙腺《るいせん》は付いていますが、目にゴミが入った時に排出するためのもので、感情的な涙は出ません。ここに座って泣いていると、まず誰も話しかけてこないので、じっくり情報収集ができます」

なるほど、と凪人は思った。

彼自身、彼女が泣きじゃくっていたので近寄らないようにしていた。自分同様、彼女も訳ありに違いないと思ったからだ。

「じゃあ、周りの会話とか、聞いてるわけだね」

日焼け男は用心深そうな声になった。

「はい」

「相当、君の耳は性能がいいんだろうね?」

キャスリンはピタリと黙り込んだ。

「私の詳しい機能についてはお答えできません」

つまり、かなりいい盗聴器だってことだな、と凪人は解釈した。目もデジタルカメラだろうし、もしかすると映像も記録できるのかもしれない。いや、情報収集が主な仕事というからには、できるに決まっている。

不意に恐ろしくなった。「彼女」みたいなのが、街中にもいるのだろうか? コーヒーショップのカウンターに座ってスマートフォンでも眺めていたら、誰も「彼女」がそうだとは気付かないだろう。

交差点で待ち合わせを装えば、これもまた人ごみに紛れてしまう。移動し、追跡できる究極の監視カメラみたいなものだ。そっと背後に近付き、人々が交わす会話も記録できる。

同じことを考えたらしく、日焼け男は静かに尋ねた。

「君は、外に出たりもする? よそでも情報収集するの?」

キャスリンは即座に首を振って否定した。

「いいえ。私が動けるのは空港内だけです」

「仲間はいるの？」

「仲間？」

キャスリンはほんの少し首をかしげた。

日焼け男はすぐに質問を変えた。

「君のような人は、他にもいるの？　この空港内に？」

「知りません」

「じゃあ、他のところにはいるの？　君のような人は他にもいる？」

「知りません」

「君には上司はいるの？　アシスタントということは、誰かの補助だということですよね？」

この日焼け男は、質問がうまいな。

凪人は、さりげない口調で畳みかけるように質問する彼の表情を見つめた。

このわけのわからない状況の中で、このわけのわからないキャスリンから情報を少しずつ引き出そうとしている。

が、同じことをキャスリンも感じたのか、彼女はふっと日焼け男を真正面から見た。日焼け男がぎくっとした表情になる。

キャスリンは、彼をじっと「見つめて」いた。

やはりちょっと違うな、と凪人は感じた。

キャスリンの視線は、まるで目から光線が出ているようにはっきりしている。彼女にとって「見つめる」という行為は、恐らくカメラのピントを合わせるということで、人間の視線——特に、日本人の得意な、あからさまではない視線で「見るともなしに見る」という芸当はまだできないようだ。

要するに、「見つめる」行為に集中していると、他の機能がおろそかになるらしい。周囲にまんべんなく愛嬌をふりまきつつ特定の相手を観察する、などという女性ならではの超絶技巧(?)はキャスリンにはまだできない。そのせいで「見つめて」いる時のキャスリンは笑顔がお留守になって表情が消え、きつく見えてしまう。

が、「見つめて」分析するのが終了したのか、キャスリンは静かな笑みを浮かべた。

「申し訳ありませんが、時間がありません」

それこそ、社交辞令、と誰もが感じるような冷ややかな笑みを。

「先ほど、当空港は超大型台風接近のため、すべての便が欠航することが決定し、閉鎖されました」

「閉鎖？　本当に？」

腰を浮かせたのが数人。

「困るわ、早く帰らなくちゃ」

ぽっちゃりした中年女が青ざめた。

「はい、私も早く帰りたいですし、できるだけ早く皆さんに帰っていただくのが、本日私に与えられた任務です」

キャスリンはやはりハキハキした声で明るく言った。

腰を浮かせた面々は、ぎょっとしたようにそのまま中腰で固まった。

「私たちの利害は一致していますね？」

ぐるりと見回したキャスリンの声に、どことなく恫喝《どうかつ》の響きを感じ取ったのは凪人だけだろうか。

なんだか、こいつはとんでもないことを言い出しそうな気がする。

こういう予感だけは外れたことがない。

「では、みんなで協力して、一分一秒でも早く帰れるようにお互い努力しましょう。約束ですよ」

キャスリンはにっこり笑って、いきなり日焼け男に向かって右手を差し出した。

日焼け男は面喰らった様子で、差し出された手を見る。キャスリンの手は握られ、綺麗な小指だけが立っていた。

「なんですか？」

日焼け男は恐る恐るキャスリンの顔を見る。

「指切りげんまんです。約束の印ですね」

日焼け男は複雑な表情になった。

冗談を言っているのかというように、キャスリンの顔を見ているが、キャスリンはにこやかなままである。

こいつに限って、冗談を言っているわけではなさそうだ。凪人は内心苦笑した。

日焼け男はおっかなびっくり自分も小指を差し出した。

「指切りげんまん、嘘ついたら針千本飲おーます。指切った」

驚くべきことに、キャスリンは美声で朗々と歌いあげると、お手本のような「指切りげんまん」をやってのけたのである。

日焼け男は、まるで悪魔と契約を交わしたファウストのような悲愴《ひそう》な顔つきで、ロボットと指切りげんまんを済ませた自分の小指を呆然と見下ろした。

「では、他の方も。約束ですよ」

もっと驚いたことに、キャスリンは、日焼け男だけでなく、なんと全員に指切りを迫ったのである。

この子供のような行為になんの意味があるのか誰しも疑問に思っていただろうが、奇妙なことに誰も拒否はしなかった。キャスリンの大真面目な顔を見ていると拒絶できなかったというのと、内心誰もがキャスリンに触れてみたいと思っていたからだろう。

凪人も恐る恐るキャスリンに近付いていって指切りを交わした。キャスリンは、身を乗り出して手を差し出すが、立とうとはしなかったからだ。

歩けるのかな、こいつ。

そんなことを考えながら、ほっそりとしたキャスリンの指を見る。からめた指はひんやり冷たかったが、肌の感触はリアルで機械という感じは全くしなかった。

指を振る動きも実に自然である。

だが、「嘘ついたら針千本飲おーます」と歌ったキャスリンの目が全く笑っていないのが怖かった。

こいつがそう言うと、本当に平然と針千本出してきて飲ませるんじゃないかって気がして嫌だな。

唯一、平気そうだったのは例の男の子で、指切りしながらにっこり笑っていたほどだ。

さっき一目でキャスリンを「キカイ」と見抜いていたというのに、怖くはないのだろうか。

凪人は、その点について深く考えないようにしていた。まさか本当に、彼にはキャスリンの「中」が見えていたわけじゃないよな？　だとしたら、怖すぎるぞ。

が、キャスリンの手を放した少年の顔は曇った。不安そうになると、おどおどとキャスリンの目を見て小声で尋ねた。

「だいじょうぶ？　こわい？」

そう聞かれたキャスリンが、ハッとしたように見えたのは気のせいだろうか。

それは、奇妙に人間臭い動きだった。

凪人はなぜかいたく感心した。

ふうん。ロボットでも「ハッと」できるんだな。

「大丈夫です」

キャスリンはすぐに気を取り直し（たように見えた）、そう言って少年に笑ってみせた。

何が「大丈夫」なのだろう？　あの子の話は独特で、あまりにも省略している部分が多すぎてよく分からない。

どこか儀式めいたキャスリンとの指切りげんまんを全員が厳かに済ませると、なんとなくそこに奇妙な一体感が生まれていることに凪人は気付いた。

ロボット入管職員を進行係にする、ひとつのチームが出来上がったとでもいうように。

考えすぎだとは思うが、もしやこれがキャスリンの目的だったのだろうか？

キャスリンは長椅子に座り直すと、満足げに一同を見回した。

「皆さん、確かに約束してくださいましたね。ありがとうございます。問題は関係者全員にて協議の上、解決すべく前向きに努力する。これこそ、人間社会における、しかるべき契約の姿ですね」

「ごたくはいいから、早く用件を言ってくれませんかね。いきなり説明もなしにここに連れてこられてずいぶん経った。俺は早く帰りたい。大事な取引ができなかったら、入管を損害賠償で訴えるぞ」

最初にキャスリンに声を掛けた親父がイライラした様子で呟いた。

キャスリンは親父に顔を向けた。

「なるほど訴える。その場合、恐らく訴える相手は入管ではなく法務省になるかと思われますが、おっしゃることは了解しました」

キャスリンは例によってハキハキと答えた。

「しかし、こちらにもそう簡単に皆さんをお帰しできない事情がありまして。非常に重大な事態であるだけに、慎重を期しているわけです」

「回りくどいな。はっきり言ってくれ。何が問題なんだ」

「では、ぶっちゃけ申し上げます」

キャスリンの言葉遣いは時々変だな、と凪人は思った。

「この中にですね、非常に問題のある方が一人おられると、私どもが確信するに足る情報がございまして」

「平たく言うと？」

親父が訝しげに眉をひそめた。

「平たく――」

キャスリンは考え込んだ。

「平たく言うとは、どういう意味でしょう」

「簡単に、分かりやすく言ってくれって意味だよ。そいつにいったいどんな問題があるっていうんだ？」

親父はぶち切れる寸前である。

「分かりやすく」

キャスリンは平然と繰り返した。

「承知しました」

それでもキャスリンはしばらく言葉を探している様子だったが、ようやく口を開いた。

「つまりですね、一般的に浸透している単語で言われるところの、『テロリストの方』がいらっしゃるということです」

「え？」

みんなが同時に絶句した。

キャスリンはそれぞれの顔を見回す。

「意味は分かりましたか？　あ、『テロリストの方』というのはおかしかったでしょうか。普通、敬語はつけませんか？　安易に使うことが憚られる単語ですので」

「今、テロリストって言った？」

ガラガラ声の女が尋ねた。

「はい。敬称抜きで『テロリスト』です」

「この中に？」

「はい」

沈黙。

その場に漂ったのは、とんでもなく困惑した、中途半端な空気だった。

平然としているキャスリン以外、誰もが顔を動かさず、目だけでその場にいる他の面々を窺い、その単語を反芻しているのが分かった。

確かに単語では知っている。常にどこかでその影を感じているし、未だ世界中で悲惨な事件は後を絶たない。ＴＶドラマや映画では、すっかりお馴染みの登場人物になってしまったし、彼らから世界を救うためにヒーローはいつもスクリーンの中を駆け巡っている。突如日常を奪い去られた人々を目にするにつけ、こうして無事に日々を生き延びていることが、単なる僥倖《ぎょうこう》に過ぎないと感じることもある。

だがしかし、自分にその疑いが掛けられているとなると話は別である。

「ひとつ聞きたいんですが」

そこで、凄く背の高い、鳥の巣みたいにもじゃもじゃな髪の毛をした男が口を開いた。

その男はすごく大柄な割にはすごく控え目で、その大きな身体を折り曲げるようにして長椅子にちんまりと目立たないように座っていた。さっきからじっとキャスリンを観察していたが、小さく咳払いをして初めて口を挟んだのだ。

「はい、なんでしょう」

キャスリンはにこやかにその男のほうを見た。

また「見つめて」いる。

凪人はそう感じた。表情が消え、目の焦点を対象に向けている時のキャスリンは、何かを「考えて」いるようだ。対象を分析しているのかもしれない。

鳥の巣頭の男は静かに尋ねた。

「『問題のある人物がいると確信するに足る情報』というのはどういうものでしょうか？それを教えていただくことは可能ですか？」

キャスリンは、しばし「考えて」から口を開いた。

「そうですね、いくつかお教えしましょう。そうすれば、皆さんも協議しやすくなると思いますし」

協議？　何を協議するんだ？

凪人の頭をそんな疑問が過《よぎ》ったが、すぐに忘れた。

キャスリンは指を折って数え始めた。

「ひとつ」

なるほど、こういう芸当もできるのだ。

「その人物は、本日十四時から十五時のあいだに当空港に到着する国際便に乗っているということ」

みんなが、自分に当てはまることを確認するのが分かった。

俺の便もそうだな。凪人は自分が着いた時刻を思い浮かべた。ここにいるのは似たような時間に到着した連中だろう。

「ひとつ、その人物は日本国籍を有しているということ」

道理で、ここにいるのは日本人ばかりだ。

「ひとつ、性別と年齢は不明」

確かに、男女、年齢はバラバラだ。まさか、子供ということはあるまいが。

「ひとつ、その人物は海外に頻繁に渡航、もしくは海外生活が長いということ」

キャスリンは指を折った。

漠然としてるな、と凪人は思った。そんなやつ、こんな時代にゴマンといる。

「ひとつ、その人物は『スリーパー』であること」

「スリーパー？」

同時に数人が聞き返した。

キャスリンは頷いた。

「その人物には、前科がありません。これまでに、そういった活動に一切関わったことがなく、これまでは一般市民として生活してきました。スリーパー——つまりずっと眠っていたわけであり、今回初めて目覚めて活動するけれど、これが最初で最後になるということです」

誰かが唸《うな》り声を上げた。

「それじゃあ、誰だか分かるわけないじゃないか」

「はい」

キャスリンはもう一度こっくりと頷く。

「そうなんです。それで私どもも困っております」

彼女は全く「困って」いない顔でそう言った。

「こちらが得た乏しい情報からなんとかこの人数まで絞り込んだのですが、実はかなり事態は切迫しておりまして」

キャスリンはニッコリ笑った。

ここ、その爽やかな笑顔で言うところじゃないと思うが。

凪人は内心突っ込みを入れる。

「容疑者の皆さんにそれぞれ個別に対応するには時間も人手も足りません。そういうわけで、たいへんイレギュラーではございますが、ここは当事者に協力してもらって、迅速に解決しようということになりまして」

「解決？」

またしても同時に幾つかの声が上がった。

こいつはいったい何を言っているんだ？

「はい。皆さんが力を合わせてそれぞれの嫌疑を晴らしていただき、皆さんで皆さんの中にいる敬称抜きのテロリストを見つけ出していただきたいなあと、希望しているわけです。もちろん、私も誠心誠意そのお手伝いをいたしますので、どうぞよろしく」

キャスリンは深々とお辞儀をした。

15

「冗談じゃない」

しばしの沈黙の後、叫んだのはやはりあの陰険そうな親父だった。

なんの仕事してる人だろう。

小津康久はそっと観察した。

歳の頃は四十代後半から五十代前半か？　服装の感じからはどの業界にいるのか分からない。シャツとスラックスは高くもなく安くもなく普通のクールビズ。やや殺伐《さつばつ》とした雰囲気と、堅苦しい雰囲気とが混ざっている。どちらかといえばちょっと官僚的な雰囲気があるが、官僚だったら損害賠償という言葉は出てこないだろうし。

　このぶっきらぼうな嚙みつき方を見ていると、たぶん一緒に仕事をしたくないタイプであると想像できるが、こういう場で率直に切り込み隊長役を務めてもらえるのはありがたい。怒っているように見えて、あまり顔色が変わらないところを見ると、もしかすると計算してあえてやっているのかもしれない。

　親父は吐き捨てるように続けた。

「そんなバカな話があるか？　疑われてる上に、なんでこっちがそのテロリストを探さなきゃならないんだよ？　それはそっちの仕事だろうが。俺は帰る。とっととパスポートを返してくれ」

　キャスリンは平然と親父を一瞥した。

「約束していただきましたよね、協力していただけると」

　親父は一瞬詰まったが、すぐに口を開いた。

「まさかこんなとんでもない話だと思わなかったし、あんな子供みたいな指切りで約束だなんて、バカバカしい」

「でも、約束しましたよね」

　キャスリンは無表情に繰り返した。

そのキャスリンの声の響きに気圧《けお》されて、親父は黙り込んでしまった。

「それに、申し訳ありませんが、あなたも容疑者の一人です」

キャスリンは親父を見据えた。

「あなたが敬称抜きのテロリストでないということがはっきりしない限り、入国していただくわけにはまいりません」

親父とつかのま睨みあったのち、キャスリンは再び無表情で口を開き、ゆっくりとその場にいる人々を見回した。

「ここは入管です。入国を許可するのは、ぶっちゃけこちらです。入国するにふさわしいということを証明しなくてはならないのは、あなた方のほうなのです」

康久は、ふっと背中にひんやりした恐怖を感じた。さっきキャスリンが人間ではないと知った時に感じた原始的な恐怖とは異なる恐怖。

それは、自分が今、何か漠然とした巨大なものと対峙《たいじ》しているという恐怖だった。

キャスリンの向こうにいる巨大な存在。

官憲——いや、国家とでもいうべきか。

国家という、概念上の存在。それは顔がなく、のっぺりとした巨大な壁のようだ。対して、こちらはあまりにも無力で、あまりにもちっぽけな存在である。その国家から拒絶され、弾《はじ》き飛ばされてしまったら。

それは、どこかざらりとした、無力感を伴う恐怖だった。

「困ります。あのっ、私、ほんとに」

不意に中年女が腰を浮かせた。

顔が赤くなったり青くなったり、狼狽しているのが窺える。

「私、急いでいるんです。早く主人に連絡を取らないと。えーと、あの、この中にいらっしゃるというテロリストの方」

女は面々を見回した。

思わず康久はキャスリンにつられて「敬称抜きで」と言いたくなったが、確かにこうして呼びかける場合、いきなり「おい、テロリスト」と呼び捨てにするわけにもいかない。

女は祈るように指を組み合わせた。

「お願いです、早く名乗り出てくれませんか。あなた一人のために、こうしてみんなが足止めをさせられるのは、よくないんじゃありませんか？　人に迷惑を掛けるのはよくありません。本当に、困るんです。今すぐ『私だ』と名乗ってください」

みんながかすかに苦笑する。

これから日本に入国してテロ行為を働こうとしている人間が、この十人ばかりの人間に迷惑を掛けることを躊躇《ちゅうちょ》するだろうか？

「――はいっ、私です」

「えっ？」

みんなが一斉に声のほうを振り向いた。

まさか、本当に名乗り出るなんて。

その場の注目を集め、涼しい顔で手を挙げているのは、バックパッカーのような恰好の、あのガラガラ声の女性である。

「あんたが？」

親父が絶句し、みんながあぜんとして彼女を見ていた。

キャスリンだけが冷ややかな目で彼女を観察している。

女は手を下げ、腕組みをした。

「――って、誰かが申し出たとして、いったいどうやってそれが本当だと確認するわけ？」

みんなが溜息をつく。

「なんだ、冗談か」

「名乗り出るわけないよな」

ぼそぼそ呟きあう面々を尻目に、キャスリンはこっくりと頷いた。

「ごもっともです」

「ついでにもうひとつ質問していいですか」

鳥の巣頭の伊丹《いたみ》が手を挙げた。

康久は、期待を込めて伊丹を見た。

彼には、どことなくみんなが耳を傾けたくなる雰囲気があった。淡々として知的で、この人なら問題を解決してくれるのではないかという不思議な安心感がある。

そう、みかんをくれた時に見せた、彼のあの鋭い洞察力があれば。

「はい、どうぞ」

キャスリンが伊丹を見る。

「さっき、僕らが容疑者として絞られたという条件を話してくれましたね」

「はい」

「本日十四時から十五時までにこの空港に着いた国際便に乗っている。日本国籍である。年齢、性別不明。渡航歴多数、あるいは海外生活が長い。そしてスリーパーである」

伊丹はキャスリンに倣って指を折って挙げた。

「はい、その通りです」

「でも、これだけの条件じゃ、とうていこの人数には絞り込めませんよね？　ざっと考えただけでものすごい人数になるはずです」

「はい」

キャスリンは認めた。

「皆さんにひとつお聞きしたいことがあります」

質問に答えるのかと思いきや、キャスリンはみんなを見回し、質問で返してきた。

「今から五か月前のことです」

「五か月前?」

誰かが繰り返した。

「はい。今年の四月二十九日」

四月二十九日。

唐突な質問に戸惑ったが、康久は、カレンダーを思い浮かべた。

ゴールデンウイーク初日。祝日だな。何曜日だっけ?

「皆さんはどちらにいらっしゃいました?」

キャスリンは静かに返事を待った。

困惑の空気が流れる。

「答える義務があるんですかね?」

親父がふてくされたような声を出した。

「この質問の答えが、今、この方がした質問の答えです」

みんなが互いの顔を見る。疑心暗鬼に満ちた、不安そうな表情である。

「あのー、ちょっといいですかー？」

そこで、あの色付きサングラスを掛けた怪しい男がおっかなびっくり手を挙げた。

「なんでしょう」

キャスリンが男を見る。

「えーと、ここにいるのは、そのいくつかの条件とやらに合った人たちだけということですよねえ？」

見かけによらず、穏やかというか、意外に押しが弱い感じである。

「はい」

「えーと、だとすると、たぶん私は間違いでここにいるのではないかと思うので、帰らせてもらえませんかね？　そうすれば、容疑者が一人減って作業が楽になるんじゃないかと」

「間違い？」

今度はキャスリンが聞き返す。

サングラス男は頷いた。

「たぶん、その条件にマッチした人は、入管のスタンプを押す前にこちらに連れてこられてますよね？　少なくとも、私が見ていた限りではそうでした」

キャスリンはしばし「考えた」が、こっくりと頷いた。

「はい、そのとおりです」

「私は、入管を通過しています」

サングラス男はどこか誇らしげに言った。

ええっ、と康久は内心驚いた。他の面子《メンツ》も一瞬訝しげな表情になったことから、同じことを考えているのだろう。

中身はそうでもないみたいだが、こんないかにも怪しげな男が入管を通過できたなんて。

「スタンプも押してもらって、いったん通過したあとに、その子に呼び止められて、今ここにいるわけでして」

サングラス男はもじもじした。そのさまもなんだか怪しい。

「なんでその子はあなたを呼び止めたんですか？　あなたのお子さん？」

そう尋ねたのは伊丹である。

「いいえ、赤の他人なんです。さっき空港の通路でたまたまぶつかって、初めて顔を合わせました。でも、どういうわけか強く引き止められて」

おかしな話である。見ず知らずの子供が、そこまでして会ったばかりの他人を強く引き止めるなんてことがあるだろうか。

ちらりと男の子を見ると、彼はきょとんとしていた。自分が話題になっているのが分かっていない様子である。

「あなたは、今年の四月二十九日、どちらにいらっしゃいましたか？」

みんなが男の説明に腑《ふ》に落ちない顔をしていたが、キャスリンは表情を変えずに尋ねた。

「高円寺《こうえんじ》の、自宅のマンションです」

男は即答する。

「五か月も前のこと、よくすぐに思い出せるな」

あの親父が嫌みったらしく口を挟んだ。

「刑事ドラマだと、アリバイを気にしてる奴は、事件当日のことをすらすら答えるんだよな」

「たまたまですよ」

サングラス男は肩をすくめた。

「ゴールデンウイークの初日だし、よく覚えてる。その日は別れた女房がうちに来て、昼から夜にかけて娘の進路についてえんえん大喧嘩《おおげんか》してたもんで。まったく、せっかく苦労して中高一貫に入れたってのに、母親が何考えてるんだか」

その時のことを思い出したのか、最後のほうの声には苛立ちがこもっていた。

「娘さんの進学問題?」

そう尋ねたのは、あのガラガラ声の女である。

「いや、進学ならいいんだけど、今行ってる高校をやめて、なんと、COS11に入るっていうんです」

サングラス男は怒りを隠さなかった。

誰もがきょとんとする。

「COSって何?」

「さあ」

「解説いたします」

キャスリンがハキハキと割って入った。

「COS11はここ数年では最も入るのが難しいと言われるアイドルユニットで、中央線沿線に住む十代の女子であることが応募条件のひとつです」

「へー」

「中央線だからCOSか」

「あまりにもアイドルユニットが増えすぎて、ようついていけんわ」

「ＣＯＳに入るのが難しいのは、何らかの専門性を持っていることが求められるからです。有名私立大学の一芸入試よりもよっぽど厳しいと評判です」

「専門性ってどういうこと？」

「『平たく』言うと、何かの『おたく』であることが求められます。それも、ただ重箱の隅をつつくように知識があればよいわけではなく、その専門分野に深い愛情があり、一家言持っていて、なおかつ他人にもその知識を伝道できるコミュニケーション能力のある『正しいおたく』でなければなりません」

　凄いな、キャスリンはもう「平たく」という言葉の用法を習得している。

　康久は感心した。

「現在活動中のメンバーの専門分野には昭和時代の少女漫画、人工衛星、旧共産圏人形アニメ、インスタント麺、庭石、などがあります」

「庭石って――渋いなあ」

「じゃあ、お嬢さんにも何か専門分野があるの？」

　ガラガラ声女が尋ねる。

「いやその、うちの娘は確かに超がつくホラー映画おたくですけど」

「大学に入るより難しくて、好きなものがはっきりしてるんなら、手に職つけるのもいいんじゃないの？」

サングラス男は首を振った。

「でも、入ったのは予備軍みたいなやつで、必ず正規のメンバーになれるわけじゃないんですよ。しかも、予備軍のあいだはレッスン代としてこっちが金を払わなきゃならない。だったら、学校に通いながら趣味でやってたって同じでしょう」

「それもそうだ」

「ふうん、お金払うんだ」

「そうですよ、それが結構馬鹿にならない金額で——いや、そんなことはどうでもいいんですけど」

サングラス男はハッと我に返った。

「とにかく俺はその日ずっと自宅にいました。家から全く出てません。これって、そのテロリストの条件に当てはまるんですかね？」

キャスリンはじっと考え込む。

不思議だな。康久はその顔をそっと観察した。見慣れてきて、一緒にいる時間が長くなってくると、ロボットでも、少し俯いただけで「考え込んでいる」ように見えてくる。最初のショックのあとで、「やっぱり違う」「やっぱり人間ではない」と人間との差異を数え上げていたのに、その段階を通り越すと、だんだん表情があるように思えてくる。これが「感情移入」ということだろうか。

まあ、能面だって上向きと下向きで異なる感情を表すくらいだ。古くからあらゆる顔に表情を見出《みいだ》してきたのが人間の本能なのだから、これだけ精巧なロボットに人格を読み取ったって不思議じゃない。

キャスリンは、じっとサングラス男を見ていたが、やがて口を開いた。

「確かに、複数の状況をかんがみるに、あなたはテロリストの条件に合致しないようです」

「でしょう？　じゃあ、帰っていいですかねえ？」

男は腰を浮かせた。

こいつだけ帰れるのか。

みんなの顔に羨ましさと妬《ねた》ましさが浮かんだような気がした。むしろ誰よりも怪しげな男なのに。

が、キャスリンは首を振った。

「残念でした。些か惜しいところでしたが、もはやあなたをお帰しするわけにはまいりませんので、あしからずご了承ください」

「えっ、どうして？」

サングラス男は絶句した。

「もうあなたは話を聞いてしまいましたから」

キャスリンはそっけない。

「話って」

「この中に敬称抜きのテロリストがいて、日本に入ろうとしているということを聞いてしまいましたよね？」

「はあ」

「あなただけがここから出て、このことを誰かに話したら困ります」

「そんな。黙ってますよ。絶対喋《しゃべ》りません、こんなこと。ここを出たら一瞬で忘れますから」

サングラス男は力説した。

「人間、一瞬で忘れることは不可能です」

キャスリンは即座に否定した。

「残念ですが、このことを知っている以上、敬称抜きのテロリストが誰なのか特定できるまで、ここにいていただきます」

当然だ、という空気が漂った。

本人がいくら黙っていると言っても、どうなるか知れたものではない。情報というのは思いもよらぬ経路で漏れるものだ。

キャスリンが言う理由もともかくだが、今更ここから一人だけ抜けるなんて許さない、という無言の圧力のほうが強かった。

サングラス男は力なく長椅子に座り込んだ。

「そういうわけで、皆さん、仲よく力を合わせて敬称抜きのテロリストを見つけ出してください。できれば、急いでいただけるとありがたいです」

キャスリンはハキハキと言うと、チラリと康久の腕時計に目を走らせた。

もう時差は直してある。

「早く始めていただければ、皆さんも早く帰れます。こちらとしては、日付が変わるまでにはなんとかしていただきたいなと希望しております」

日付が変わるまでには。つまり、それくらいまでかかるかもしれないということだし、それまでは帰れないということになる。

キャスリンは皆を見回した。

「飲み物をご用意いたします。コーヒー、紅茶、緑茶、どれがよろしいでしょうか？　ホットとアイスも選べます」

みんながおずおず飲み物を注文すると、キャスリンはすっくと立ち上がった。

「それでは皆さん、ごゆっくりご歓談ください」

それはこのような場合に使う言葉ではないような気がしたが、キャスリンはすたすたと歩いていった。ごく自然な歩き方だ。

早足で歩く、というのはロボットにとってかなり難しいことだと聞いていたが、全く人間と変わりない。

康久は感心しつつキャスリンの後ろ姿を見送る。

が、キャスリンはピタリと足を止め、くるりとこちらを振り向いた。

「念のため申し上げておきます。逃げ出そうなんてことは考えないでください。皆さんがおかしな行動を起こした場合、すぐに警備員がお伺いいたします」

そう言うと、キャスリンは背を向けて再び歩き出した。奥のドアを開けて、見えなくなる。

なんとも形容しがたい沈黙が落ちた。

が、少しして、誰からともなく、深い溜息が漏れ、誰もが姿勢を崩した。

きょろきょろと互いの顔を見る。

今目の前で起きていることが現実なのかどうか、確認したいとでもいうように。

「凄いなあ」

ぽつんと呟いたのは、首にヘッドフォンを着けた青年である。

「え？　何が？」

誰かが聞き返す。

「だって、ロボットですよ！」

目をキラキラさせているところを見ると、どうやら感激しているらしい。

「本物ですよ！　初対面ですよ！　本当に、生きてるうちに本物の人工知能を搭載したロボットに会えると思わなかったなあ！」

興奮している彼を、みんなが珍種の動物でも見るような目で眺めている。

「ほんとに人間そっくり！　ヒューマノイドタイプがあそこまでいってるなんて」

「あのなあ、感激してる場合じゃないと思うんだけど」

ぶっきらぼうな親父が顔をしかめた。

「そもそも、なんであんな機械がこんな重大なことを仕切ってるわけ？　職員はどこにいるんだ？」

「あー、びっくりした。さっきは本当に怖かったわあ」

中年女が身震いをし、胸を撫でおろした。

キャスリンが人間でないと気付いた時の恐怖が蘇ったらしい。

こうして、目の前にキャスリンがいないと、何かの間違いか、夢だったのではないかと思えてくる。

こんな話、誰が信じてくれるだろう。

うちに帰って、女房に話したら、信じるだろうか？

康久は、自分がミドリの喉を撫でながら妻に話しているところを思い浮かべた。

これがさあ、本当に人間そっくりなんだよ。隣に座ってても気付かないと思うよ。

「でも、あんなロボットが完成してたなんてニュース、聞いてました？」

ごま塩頭の男が低い声で気味悪そうに呟いた。

「あれだけ精巧なロボット、完成してたらものすごいニュースになってるはずでしょう。しかも、入管職員のアシスタントをしてるなんて話、聞いたことがない」

「警官ロボットはもう導入されてますけどね」

康久が呟いた。

「それは知ってるよ。あれだって、凄く話題になったでしょう。アメリカでもニュースになったもの」

日本の地方自治体では深刻な警察官不足が続いていたため、数年前、政府は事実上駐在所を廃止し、警邏《けいら》は車両型のロボットが行うことを決めたのだ。

康久の会社の防災テクノロジー部門が受注し、元々災害救助活動のために開発していたロボットを改良して納入した。ここ数年でいちばんのビッグプロジェクトだったのでよく覚えている。

「しかも、あれは人間型のロボットじゃないし。あんな人間そっくりのロボットが導入されてたら、大騒ぎになっててもおかしくないよ」

ごま塩頭の男は、更に声を低めた。

「ひょっとして、誰も気が付いてないだけで、日本にはああいうのがもういっぱいいるのかもしれないよ。キャスリンだって、情報収集だって言ってたよね」

康久はゾッとした。

キャスリンのようなロボットだったら、どこでも紛れ込めるだろう。

町の中にいる、無数のキャスリン。

横断歩道を渡るキャスリン、街角で待ち合わせをしているふりをするキャスリン、コーヒーショップで周りの会話に耳を澄ますキャスリン。

あの無表情な目を思い出す。

彼女は自分の機能を情報収集だと言った。

ならば、恐らく、彼女の目は高性能のカメラであり、耳は高性能のマイクだろう。彼女が「見た」映像はすべて記録されているに違いないし、耳は相当小さな音も「拾って」いるはずだ。さっきの会話も録音されているとみて間違いない。

いったい誰が彼らを派遣しているのか。そう考えると不気味だった。監視社会はとっくに到来していたが、それが更に想像を超えた領域に来ているのだ。

「それより、いったいどうするの？」

ガラガラ声の女が口を開いた。

「この中にいるっていうテロリスト、見つけるまで本当に帰してくれる気ないみたいだけど」

「さっき名乗ったことだし、あんたでいいよ」

親父が呟いた。

「それってどういう意味？」

親父はぶすっとした顔で答える。

「あんたがテロリストってことでいいから、帰らせてくれないかな」

「だからさ、いくらあたしがテロリストだって主張しても、それを証明する何かが必要なんだってば」

女は苦笑し、頭の後ろで腕を組んだ。

「なんなんだろう、ここにいる人間に共通する条件。四月二十九日にどこにいたか」

女はサングラス男のほうを向いた。

「で、あなたは終日高円寺のマンションにいたと。そう聞いてキャスリンは、あなたはテロリストの条件に当てはまらないって言ってたよねえ？」

「はあ」

「みんなにも、あの日どこにいたか聞いてもいい？　あたしは特に急ぎの用もないし、別にずっとここにいてもいいけど、やっぱり帰ってゆっくりお風呂に浸かりたいから。あたしの唯一の楽しみなの」

女はみんなの顔を見回した。

女はよれよれになったカバンからこれまた使い込まれた手帳を取り出した。

ぱらぱらとページをめくる。

「四月二十九日。この日も金曜日か。意外と覚えてないもんだわね」

康久もシステム手帳を取り出した。携帯電話でもスケジュール管理はしているが、やはり紙の手帳も手放せない。

「あたし、この日に一時帰国してるわ——浜松町《はままつちょう》にあるＮＧＯの本部に行ってる」

女が呟いた。

康久は四月の予定表を見て、「あれ」と思った。

「十六時、本社」とある。

そうか、俺も一時帰国してたんだ。この頃頻繁に東京とマレーシアを行ったり来たりしてたのは覚えてるけど、本社に行ったのがゴールデンウイークの初日だったとは。もう休日の感覚がよく分からなくなっている。

娘の亮子《りょうこ》が留学先の清華《せいか》大学から戻ったのはいつだっけ？　ここ数年、なかなか親子三人揃うことがない。たぶん、四月三十日か五月一日だ。中国は休日が違うから、亮子は週末にとんぼ返りしたはず。家族三人で食事したな——賑《にぎ》やかで、凄い混んでた店。あれはどこの店だったけど、なかなか注文が出てこなくて待ちくたびれたっけ。あれはどこだったろう。亮子が選んだ東京駅の近くだったか？　壁に大きな、真っ赤な絵が掛かっていた店。

「あなたは？」

女が康久の顔を見た。

康久はハッとして顔を上げる。

「僕も帰国してました。品川《しながわ》の本社に顔を出して、打ち合わせを」

そう答えると、他の面々も、ごそごそと手帳やスマートフォンを取り出した。

それぞれが自分のスケジュールを確認している。

伊丹も、とっくに手帳を取り出していた。彼も手帳派らしい。きちんとした恰好の彼に、使い込まれた焦げ茶の革の手帳はぴったりだった。じっとページに目を落としたまま何事か考え込んでいる。

「君は？」

康久が声を掛けると、伊丹は静かに答えた。

「東京にいました。高輪《たかなわ》のホテルで学会に出ています」

「高輪」

二人は目を見合わせた。

「あの、私は、伊豆《いず》のほうに家族で出かけてました」

中年女がスマートフォンを見ながら言った。

「それは、いつからですか？」

伊丹が尋ねる。

「いつからって？」

「四月二十九日に伊豆に向かったんですか？　それともその前日から？」

「二十九日からです。この日に出かけて、五月一日に戻ってきてます」

「ふうん」

伊丹はまた考え込む。

「私も帰国してたなあ」

ごま塩頭の男がスマートフォンを見ながら呟いた。

「長野で大きな法事があって。あまりゆっくりしていられなくて、日本に二日しかいられなかった。お天気悪くて、すごく寒かった。コートを持ってきてなくて、えらい目に遭った」

「帰国されたのは、この空港からですか？」

またしても伊丹が尋ねる。

「そうだよ」

男は頷いた。

「あなたは？」

ガラガラ声の女が、例のぶっきらぼうな親父を見た。

親父はパソコンの画面を見ていたが、小さく肩をすくめた。

「休みでぶらぶらしてた。よく覚えてないけど、パチンコ屋に行ったんじゃないかな」

「どこのパチンコ屋ですか？」

伊丹が尋ねる。

親父は首をかしげた。記憶があやふやらしい。

「たぶん、大井町《おおいまち》のほうだったと思う」

「大井町」

伊丹はそう口の中で繰り返した。

ガラガラ声の女は、そんな伊丹をじっと見つめていた。なんとなく、彼女と伊丹が交互に質問をして、この場を仕切る雰囲気ができてきた。

「僕は、名古屋にいました。仕事で、内装工事の打ち合わせがあって、現場に」

ヘッドフォンを着けた青年が大きなノートを見ながら言った。中にびっしり書き込みや図があるのは、作業日誌を兼ねているのだろう。

「それも、二十九日に移動したんですか？　前日からではなく？」

伊丹が尋ねると、ヘッドフォン青年は頷いた。

「はい、朝早くに名古屋に行って、その日の最終新幹線で東京に戻ってきてます」

「ご自宅はどこですか？」

「目黒《めぐろ》です。仕事場も近くで」

「ふうん」

伊丹は顎を撫でた。

「えーと、あと話してないの、誰だっけ」

ガラガラ声の女がみんなを見回し、じっと座っている若い親子に目を留めた。

「あなたたちは？」

若い母親はびくっと身体を震わせた。

「——私たちは」

かすかに目を泳がせ、子供を引き寄せた。

無意識のうちに、子供をかばうような仕草をするのが目を引く。怯えているような感じ。

みんなが、この親子には何か事情がありそうだと思っているのが分かった。

「この日に帰国して、この子を連れて、静岡《しずおか》に行っていました。実家に用があって」

用心深そうな声で答える。

「二十九日に、静岡にいらした？」

伊丹が聞くとこっくりと頷く。

「なるほど」

伊丹とガラガラ声の女は顔を見合わせた。

その視線には、何かを納得した様子が窺える。

「何がなるほどなんだよ」

親父がイライラした声で言った。二人の目配せの意味が自分には分からないのが気に喰わないらしい。

「つまり」女が口を開いた。

「みんな日本にいたわけよ。今年の四月二十九日に。ここにいる全員」

「それも」

伊丹が付け加えた。

「恐らく、全員が鉄道を利用しているものと思われます」

16

「鉄道？」

誰かが呟いた。

自分の行動を思い出しているのがそれぞれの表情から窺える。

成瀬幹柾も、当時の記憶をおぼろげながら探ってみる。長野に着いてからのことは記憶にある。気候のいいアメリカ西海岸の陽気に慣れ切っていたため、久々に訪れた日本の春の寒さに閉口したのが強く印象に残っているのだ。「春は名のみの風の寒さや」の歌詞の通りだ、と思ったことまで。

しかし、移動途中のことなどほとんど忘れていることに驚く。むろん、長野新幹線に乗ったことは確かなのだが。

「それが条件なのか？」

親父は首をひねった。

「そりゃあ連休初日だし、行楽にせよなんにせよ、鉄道で移動する可能性は高いよな。それこそ日本国民の相当な数が当てはまるんじゃないか」

幹柾も似たような感想を持っていた。鉄道を使った、だけではあまりにも漠然としている。

「でも、自宅を出て移動していたのが条件のひとつなのは、彼が『終日家にいた』と言ったら外されたことからも明らかなんじゃないでしょうか」

鳥の巣頭の青年は、サングラス男に目をやってから呟いた。

「だけど、それだけじゃ、到底この人数には絞れないよなあ」

「――ねえ」

ガラガラ声の女が何かに気付いたように声を上げた。

彼女はじっと手帳の後ろのページに見入っていた。どうやら、首都圏近郊の交通案内図を見ているようである。

「浜松町、品川、高輪、大井町、伊豆、静岡、名古屋、長野。うち何人かは、この日に帰国して、移動してると」

彼女はすらすらと挙げた。

「お兄さん、到着したのはこっちの空港よね？　成田《なりた》じゃないよね」

幹柾は尋ねられて頷いた。

「そうです」

女はちらりとみんなを見た。

「ひょっとして、みんな品川駅通ってないかな？」

誰からともなく顔を見合わせた。

それぞれの表情に、小さな光が灯《とも》ったようだ。

「品川駅」

「通ってるかも」

「僕のホテルの最寄り駅は品川でした」

鳥の巣頭が言う。

「うちの会社の最寄り駅もそうだ」

「品川から踊り子号に乗ったわ」

みんなが口々に同意する。

「あんまり意識してなかったな」

幹枉も呟いた。

鉄道網が発達し、複雑に乗り入れしている首都圏では、もう自分がどの路線に乗っているかをほとんど意識しなくなっている。

幹枉も、空港から品川に行き、乗り換えて東京駅まで行って長野新幹線に乗っているはずだが、品川を通ったという意識はなかった。

「通ってない人は？」

ガラガラ声の女が確認すると、みんなが品川駅を通過していることを認めた。

「共通点ね」

女はそっけなくそう言った。

品川駅。改札口付近で慌ただしく行きかうビジネスマンのイメージしかない。

「それでも、あんまり条件が絞れたとは言えないね」

ぶっきらぼうな親父が言った。

「この空港に着いたら、車でない限り品川を通過する可能性は高い。品川駅自体、一日の乗降客は百万人くらいと聞いたことがある。この人数になるまで絞り込むにはほど遠い」

「リニアもあるしね」

「俺、まだ乗ったことないなあ」

「あたしも」

品川駅からはリニア新幹線も出ている。幹柾が海外に出てから開通したが、これまで乗る機会がなかった。

「品川って、駅の外に出ることって少ないですよねえ」

乗りヒコ青年が言った。

「品川まで行って新幹線乗るか、空港行くか、乗り換えするか。駅の周りに出るのが目的のことって、これまでに数えるほどしかないなあ」

「確かに、聞いた感じだと、ホテルで学会の彼と本社に行った僕以外は、品川駅は通過しただけみたいですね」

日焼けした男が鳥の巣頭の青年と顔を見合わせた。

「うーん。そうやって考えると、みんなが品川を通過してるのは、単なる偶然かしら。これだと思ったんだけどなあ」

ガラガラ声の女は腕組みして唸った。

さっきは一瞬明るくなったものの、またどんよりした空気が流れる。

「だけど、我々がここにいる以上、四月二十九日の我々の行動の中に、必ずどこか共通点があるはずです」

鳥の巣頭の青年が言った。

いかにも学者だな、と幹柾は思った。理詰めで考えるタイプのようだ。

「逆に言うと、向こうもそれしか分かってないんでしょう。だから、わざわざ我々を一緒にしてるんですよ。きっと、個別に洗うだけの情報がない。これって、きっとものすごく特殊なケースなんだろうと思います。当局も焦ってる。国民に知らされていない、僕が当局だったら絶対秘密にしておきたいキャスリンの存在まで明かして、こんなふうに動員するくらいですからね」

「そんな」

誰かが不満そうな声を出した。

「当局がそれなら」

親父がつっけんどんに言った。

「こっちはもっと分からないよ。知らない者どうしでいったい何を討議すればテロリストが見つかるんだ？」

この親父、どこまでも懐疑的なタイプのようだが、言っていることは筋が通っている。ますますどんよりした空気が流れる中、幹柾は急に激しい疲労を感じた。帰国してからというもの、次々といろいろなことが起きて、いつのまにか腹痛もどこかに行ってしまっていた。この先どうなるのだろう。

じりじりと時間は過ぎていく。気が付けば、甥っ子の結婚式まであと二十四時間を切っている。披露宴だけでなく、式にも参列することになっているし、帰って着替えて準備する時間を考えると、間に合うのかどうか不安になってきた。

「当局はいったいどうやって我々を特定したんですかね？」

ふと、何か思いついたように日焼け男が呟いた。

「どうやってというのは？」

鳥の巣頭が尋ねる。

「パスポートのＩＣチップに入ったＩＤ情報と何かを照合したのは明らかですが、何と照合したんでしょう」

日焼け男は続けた。

「僕らが四月二十九日に何かをして、僕らを特定できるデータを残しているからこそ、こうして拘束されているわけですよね」

彼はサングラス男をちらっと見た。

「そちらの男性が、テロリスト候補を外されたというのは、彼が家にいたうんぬんという話をキャスリンが信じたからではなく、あくまでも彼がそのデータを残していなかったからじゃないかと思います」

「そのデータというのは？」

幹柾は思わず尋ねていた。

「それをずっと考えてるんですけど——とりあえず個人を特定できて、ずっと遡《さかのぼ》って行動を調べられるものといえば、真っ先にクレジットカードと携帯電話が思い浮かんだんですが」

日焼け男は腕組みをして宙を見上げた。

「僕に関していえば、何か特に買い物した記憶もないし、同僚と家族に電話したくらいで、何か特別なことをしたとは思えないんですよねえ」

クレジットカード。

俺は何か買い物したっけか？　慌ただしく長野に直行したことしか覚えていない。

法事の費用は、姉貴に立て替えてもらって後で送金したしなあ。

「それに、たとえばクレジットカードの使用履歴から、この人とこの人は同じことをしていると特定するとします」

日焼け男はごそごそと財布を探った。クレジットカードの控えを見つけて、そこに印字された文字を眺めている。

「その共通項がなんなのかが思いつかないんです。同じ店で食事をしているとか、同じものを買ったとか？　クレジットカードから分かる共通項ってたぶんその程度ですよね。だけど、これまでの話を聞いた感じでは、みんな品川を通過しただけで、そういうことはなさそうです」

またしてもどんよりした空気が辺りを覆った。

「そうだ」

唐突に、乗りヒコ青年が口を挟んだ。

みんなが彼を見る。

「ＩＣ乗車券はどうですか」

彼もポケットを触った。無意識のうちに、現物を探しているようである。

「僕らは移動するとき、たぶんほとんどの人はＩＣ乗車券を使ってますよね。だから、乗り換えとか、幾ら払ってるとか、使ってることすらあんまり意識しなくなっちゃってる」

さすが、乗り物好きだ。幹柾は感心した。俺は全く思いつかなかった。

「だけど、ＩＣ乗車券は履歴は出るけど、個人情報とは直結してないでしょう」

日焼け男が首をかしげる。

「いえ、僕のはクレジット機能が付いてるＩＣ乗車券なんです。こっちならクレジットカードのほうに繋がってます。こっちを使ってる人も多いんじゃないですか」

日焼け男は財布からＩＣ乗車券を取り出した。

「あれ、ほんとだ。これもクレジット機能付けてた」

幹枉も自分のポケットを探り、財布の中から自分のＩＣ乗車券を取り出してみた。

ずいぶん前に作ったので忘れていたが、確かに彼のものもクレジット機能が付いている。クレジットカードとして使ったことは一度もないが。

他の人たちも自分のものを取り出して見ている。

「ホントだ、僕のもそうだ」

「うちのも」

みんな驚いているところを見ると、やはり誰もがあまり細かいところは気にしないでカード類を作っているようである。

日焼け男は低く唸る。

「でも、やっぱり共通項そのものは分からないよね。この人がこの日、ここからここまでこの交通機関を使ったってことが分かるだけで」

「ダメかー」

乗りヒコ青年は両肩をぐるぐると回した。

「もうちょっと詳しく、四月二十九日にどういう行動取ったか分からないとなあ」

「そんなの覚えてないよ」

不満の声が上がる。

「年代もバラバラだし、共通の趣味があるとは思えないよなあ」

「そうだ、ひとつ確認しときたいんだけどさあ」

ガラガラ声の女がひざを叩いた。

「みんな、今日が初対面よね？」

不思議そうな視線が女に向けられた。

「どうして？」

誰かが聞いた。

「だって、もし見覚えがある人がいたなら、過去にどこかで会ってるわけだし、それが共通項に関係するかもしれないじゃん？」

「ああ、なるほど」

誰もが改めて互いの顔を見る。

これまでは遠慮がちだったが、しばらく一緒に過ごすうちに徐々に慣れてきて、互いの顔を直視できるようになったようだ。

幹柾も、じっくり一同の顔を見てみるが、過去に会った覚えはなかった。

みんなの表情も変わらない。

「やっぱり初対面みたいね」

女が溜息をついた。

「うーん。大したことはしてないなあ」

乗りヒコ青年は、あきらめきれないように、自分のノートを見返していた。

ガラガラ声の女がひょいと彼のノートを覗き込む。

「うわー、細かいわねえ。いつもこんなにきちんとスケジュール帳書いてるの？」

「日記帳と仕事の日誌も兼ねてるんで、後から見て細かいところまで思い出せるようにしてるんです」

「パソコン使わないの？」

「どんどん変更していくから、変更前の情報が残ったほうがいいんですよ」

「そうね、紙に書いたほうが記憶に残るわよね」

「八時三十分モビデ集合——これ、品川駅のモビデ？」

ああ、日本ではモビーディック・コーヒーを「モビデ」と略すんだったな。

幹柾は懐かしく思った。アメリカの巨大コーヒーショップチェーンは、すっかり日本でも定着している。

「はい。うちのスタッフと、ゼネコンの人と待ち合わせしたもんで。僕一人だったら名古屋でも飛行機で行くんですけどねー」

「はは、そうだったね、君、飛行機おたくだもんね」

女は疲れた声で笑った。

「――モビデ？」

不意に、鳥の巣頭が顔を上げ、聞き返した。

「そのモビデって、JR品川駅の、改札前の大きなモビデですよね？」

やけに真剣な顔で身を乗り出したので、乗りヒコ青年とガラガラ声女は一瞬気圧されて身を引いた。

「君、モビデで待ち合わせした時、コーヒー飲んだ？」

鳥の巣頭はそれでもなお身を乗り出す。

「はあ」

乗りヒコ青年はおっかなびっくり頷く。

「飲みましたよ。あ、ここに書いてあった――『ゴールデンウイーク限定商品・アロエ黒酢《くろず》ゼリー入り豆乳ラテ。味マアマア、食感今イチ』」

「なんだ、その気味悪い飲み物は」

幹柾は顔をしかめた。

「――僕もそれ、飲んだ」

日焼け男が呟いた。

「そうだ、思い出したよ。冷たいやつだよね。なんだか身体によさげだと思って、僕もそれ飲んだ」

「今イチでしたよね？」

「うん。特にアロエゼリーが」

「そうそう、ぷるぷるしてるのかと思ったら硬くて」

「呑み込みにくい」

「限定商品だとつい頼んじゃうんですよね」

「僕も、日本でしか飲めないと思うと」

盛り上がる二人。

そこに鳥の巣頭が割り込む。

「ちょっと待ってください、あなたはそれ、どこのモビデで飲みましたか？　品川駅？」

日焼け男がきょとんとした顔で振り向いた。

「どこだったろう。あ、品川駅だったな。うん、そうだった、あの日暑かったから、本社に行く前に一休みしようとあそこのモビデに寄ったんだった」

「四月二十九日に」

日焼け男は大きく頷く。

「うん、そうだよ、今まで忘れてたけど」

「その時、現金で払いましたか？」

鳥の巣頭は真顔で尋ねる。

日焼け男は一瞬考えたが、「いや」とすぐに首を振った。

「マレーシアと行ったり来たりで、あんまり円は持ち歩いてないし、それで払ったと思うよ」

彼は鳥の巣頭が手にしているＩＣ乗車券に目をやった。駅に隣接した商業施設では、ほとんどこれで商品が買える。

「これで」

鳥の巣頭は、まじまじとＩＣ乗車券を見て、次にみんなを見回した。

「実は僕も、あの日、あそこでコーヒー買いました」

ＩＣ乗車券を少しだけ上げてみせる。

「学会に行く前に、寄りました。やっぱり、これで払いました。クレジット付きＩＣ乗車券で。僕はコーヒーに関しては保守的なんで、普通のコーヒー頼みましたけど」

稲妻のようなものがその場に走ったような気がした。

ＪＲ品川駅のコーヒーショップ。

幹柾も記憶を辿《たど》る。

寄ったような気がする。移動に次ぐ移動だったので、コーヒーを買ったのではなかったか。

こうしてみると、コーヒーショップは空気のような存在になっているので、いちいち記憶していないことに気付かされる。

コーヒーを持って席に座り、とにかくパソコンやスマートフォンを開くというのが習慣になってしまっているのだ。

「あ、あたしも寄りました。この子の好きなマフィン買いました」

若い母親が早口で言った。

「寄ったかもしれない」

親父が渋々認めた。

「いつもパチンコ屋行く前は寄るから」

「私も行ったわ。アロエ黒酢ゼリー入り豆乳ラテで思い出した」

中年女が呟いた。

「踊り子号の中で、うちの母がアロエゼリー、喉に詰まらせそうになっちゃって。大変だったんだから。ほんと、硬かったのよね、あのゼリー」

年寄りの喉に詰まるとは。正月の餅ではあるまいし、どれだけ硬いんだ。

鳥の巣頭がやや興奮した顔で何度も頷く。

「どうやら、ほぼ決まりですね。みんな、今年の四月二十九日に品川駅のモビーディック・コーヒーに寄って、クレジット機能付きのＩＣ乗車券で何か買っている。だから記録が残っていて、個人が特定できた」

「――あたし、買ってないわよ」

ガラガラ声の女が当惑した顔つきで言った。

みんなが彼女を見る。

「え、ホントですか？　浜松町に行く時に、寄りませんでした？」

「寄ってないなあ」

女は首をひねる。

白けた雰囲気が漂った。

せっかく正解に辿り着いたと思ったのに。別の条件だったのだろうか。

女は、まるで自分のせいだとでもいうように恐縮した様子である。

「あのー」

乗りヒコ青年が恐る恐る尋ねた。

「その時、あなた一人でしたか?」

女は首を振って否定する。

「ううん、一緒に帰国したスタッフも一緒。何人かいたわ」

「もしかして、一緒のスタッフに、ＩＣ乗車券貸しませんでした?」

「あ」

女は目を見開いた。

「貸したかも」

「何か買っておいでって言いませんでした?」

「言ったかも」

「僕も時々やります。バイトの子に、これで何か買ってきてって渡す。おつりのやりとりとかしなくて済むんで。で、たぶんその人はモビデに行ってコーヒー買ったはずです」

「そういや、コーヒーは飲んだ記憶がある。自分で買ってないから覚えてなかったんだ」

「なるほど、その条件でここまで絞られたわけか。だとすると、この人数、多いのか少ないのかよく分からないな。意外と多いような気もするけど」

幹柾は奇妙な感慨を覚えた。

五か月の月日を隔てて二つの母集団が重なりあった部分。それが、今ここにいる。

なぜか、唐突に昔観たＴＶのクイズ番組を思い出した。

大きなグラウンドに数百人の参加者が集まっている。グラウンドの真ん中に線が引かれ、線を挟んで大きな○と×が描かれている。クイズの解答で○か×かを選び、選んだほうに移動して、不正解者がどんどん除外されていく。最後に残った十数人が本選に参加できる。そんなクイズだった。

ここにいる者たちは、いつのまにか、最後に残った本選メンバーになってしまっているのだ。

「だけど、どうして？　四月二十九日に品川のモビデで買い物した人間がなぜ？」

日焼け男が考え込む。

「――キャスリンの話から察するに」

鳥の巣頭が慎重な声で言った。

「テロは大がかりなもので、メンバーは複数いるんでしょう。そして、当局は日本にいるメンバーの、ごく一部だけは把握している、らしい」

「らしい？」

「恐らく、全容は把握できていないんでしょう。もしかすると、ごく最近まで、分からなかったのかもしれません。あるいは、テロが予定されていることは知っていたが、実行日が今日だということや、残りのメンバーが今日の飛行機で到着するということは、ぎりぎりになって分かった」

このメンバーの中に。

不意にその実感が迫ってきた。

この中に、いるのだ。テロを起こすために帰ってきた誰かが。

同じ境遇であることに徐々に馴染んできて、むしろ一体感が形成されつつあっただけに、その事実を考えると、冷たい手で首筋に触れられたような心地になる。

しかし、こうして現にここに足止めされているのだし、解決を迫られているのだから、現実に向き合わなくてはならない。

何かの間違いではないか。何かの間違いであってくれないか。当局の勘違いということもあるのではないだろうか。

幹柾は心からそう願っていた。どうみても、この中にテロリストが混じっているとは思えない。皆、ごく普通の一般市民だ。

鳥の巣頭は、そんな幹柾の心情――きっと、他のみんなも穏やかならぬものを押し隠していたのだろうが――をよそに、淡々と続けた。

「そして、それとは別に、ひとつの情報を当局は入手していた。たぶん、今年の四月二十九日に、ＪＲ品川駅のモビデで、テロリストのメンバーが、今日到着するメンバーと接触していた、という情報でしょう。接触した相手までは分からないが、クレジット付きＩＣ乗車券で飲み物を買っていることまでは突き止めた」

「時間は分からないのかな。どの時間に接触したか分かれば」

日焼け男が呟いた。

「それが分からないから、ここまでしか絞り込めなかったんでしょうね」

「それか、そのメンバー、店員だったのかも。店員だったら、ずっと店にいますよね」

乗りヒコ青年が言った。

この彼、変人ではあるが、細かいところまでよく気が付く。デザイン関係の仕事のようだが、いい仕事をしていそうだ。

鳥の巣頭は頷いた。

「ああ、その可能性はありますね。店員だったら、お客と何か受け渡しするのはごく簡単だ」

店員。半年も前の、利用したことすら忘れていたコーヒーショップにいた店員を思い出すことなど、不可能である。ここにいるみんなが同じ日に同じ店を使っていたとは驚きだが、巨大ターミナル駅のコーヒーショップなのだ。誰が使っていても不思議ではない。もちろん、他の客など全く記憶にない。

「よし、共通点は分かったよ。でも、それだけだよな」

親父が鼻を鳴らした。

「みんなあの日にあの店に行きました。だからなんだ。その先は？　どうやってこの中からテロリストを見分けるんだ？」

「テロ――ねえ」

ガラガラ声女が呟いた。

「だったらあれは？」

「あれ？」

誰かが聞き返す。

「分かってるでしょう。誰も何も言わないけどさ」

女はぐるりと周りを見回した。

みんな無言だ。

「さっきのあれよ。あの凄いサイレンと火事。そもそも入管でえらく待たされたやつ。あれは何だったの」

誰も答えようとしない。

幹柾の脳裏にも、トイレでサイレンを聞いた時のことが蘇ってきた。あの異様なサイレン。稲光と黒煙。

「テロだっていうのか？」

親父が低い声で聞いた。

「分からない。でも、何かが外で起きてる、あるいは起きたのは明らかでしょ」

「漏電による火災って言ってましたけど」

中年女が青ざめた顔で言う。

「でも、爆発音がした。しかも二度。あれが漏電かしら？」

「何かに引火したんだとしたら、爆発音もあり得ます」

日焼け男が言った。

「何かが燃えてるのは見ましたよ」

幹柾が言うとみんなが驚いたように彼を見た。

「外が真っ暗だったんで、一瞬でしたけど、大きな黒い煙が上がってました」

「どこで?」

「入管に来るまでの通路で見たんですけど、外の、ずいぶん離れたところだった。建物から上がっているというよりは、地面から上がっていたという感じでした」

「火事は本当だったわけね」

「でも、地面というのはおかしくないですか? 漏電だというのなら」

「空港は広いから、地面に見えても、実は遠くの建物だったのかも」

「テロなんでしょうか」

「だけど、もしあれがテロだったとしたら、入国させるかなあ。日本人も外国人も」

「確かに。あのあとは、いつも通りスムーズに入れてましたよね」

「俺たちを除いてはな」

その時、くぐもった奇妙な音がした。

みんながハッとする。

「今の、何?」

ガラガラ声女が天井を見上げる。

その呼びかけに答えるかのように、もう一度同じ音がした。

まるで、水の入ったゴム風船を床に叩きつけたような音だ。

「くしゃみ」

鳥の巣頭が言った。

「その犬のくしゃみですよ」

「今のが？」

幹柾は、反射的に身構えた。

すっかりその存在を忘れていたが、そうだ、すぐそばにあの犬がいたのだ。

「犬のくしゃみってあんななんだ。ふーん、犬もくしゃみするのね」

ガラガラ声女は立ち上がり、犬のケージを見下ろした。

「しかし、本当におとなしいというか、無駄吠えしないのね、この犬。よく躾《しっ》けられてるもんだわ」

「そろそろ犬的には夕飯の時間じゃないですかねえ」

乗りヒコ青年も犬のケージに近付く。

「散歩させなくていいのかな」

「さっき警備員とさんざん走り回ったからいいんじゃないですか」

幹柾は恐る恐る犬のケージのほうに目をやったが、相変わらず無邪気な顔で短い尻尾を振っている。

「今、台風はどこまで来てるんでしょうね」

中年女が幹柾に話しかけた。

「さあね。今ごろ進路もスピードも変わってるかもしれない」

幹柾は、耳を澄ました。

風の音でもするのではないかと思ったのだが、この殺風景な待合室にいると外の様子はさっぱり分からない。

「台風で空港を閉鎖するから、さっさと乗客を空港から出したというのもあるかもしれませんね。早く移動しないと、交通機関も止まってしまって、それこそここで大勢足止めを喰らってしまう」

鳥の巣頭が言った。

「電車動いてるのかなあ」

日焼け男が呟く。

「——おい」

突然、親父が何かに気付いたように顔を上げた。

「おかしくないか？」

「何が？」

　幹柾は聞き返した。

「その犬だよ」

「え？」

　犬のケージを覗き込んでいた女と青年が振り向いた。

「そんなによく躾けられた犬が、こんなところにいる。飼い主はいっこうに現れない」

「確かに不思議よね。生き物なんだから、誰かが持ち込まない限りはこんなところにいないわ。どこにいるのかなー、君のご主人は」

　犬は愛想よく女をキラキラした目で見上げている。

「その犬も、俺たちと同じような時間に空港に着いた——っていうか、現れたよな」

「そうね」

　犬が足元を走り抜ける感触を思い出し、幹柾は身震いした。

「だとすると、そいつもテロリストの条件に当てはまるんじゃないか？」

　みんなが犬に目をやった。

　犬は、久しぶりに注目を浴びたのが嬉しいのか、無邪気に尻尾を振っている。

　親父は、今や目に見えてはっきりと蒼《あお》ざめていた。

「誰も飼い主として名乗り出ないのは、ひょっとしてその犬が、テロリストの持ち込んだ犬だからじゃないのか？」

ケージを覗き込んでいた女と青年の動きがピタリと止まった。

「この犬が？」

ゆっくりと振り向く二人の顔も蒼白《そうはく》である。誰もがつられたように動きを止めていた。

「もしそうなら、この犬にも何か使い道があるはずだ。わざわざ持ち込んだんだから、何かの目的が」

「何かの目的って？」

乗りヒコ青年が恐る恐る尋ねる。

「例えば」

親父はのろのろと言った。

「あまり言いたくない想像だが——犬に爆弾が仕込んであるとか」

17

恐怖というのは、一瞬にして伝染するものである。

その瞬間、誰もが親父の考えに同意した。

降って湧いたように現れた、飼い主のいない愛嬌たっぷりの犬。それが悪意に満ちた罠《わな》に違いないと、誰もが信じたのだ。

信じれば、それが真実になる。

みんなが同時に恐怖を覚えた。

とっさに逃げようとした。

犬から遠く離れようとした。

身体を丸め、防御の姿勢を取った。

誰もが、これまで映画やTVドラマでさんざん見てきた、お約束のような閃光と、一拍置いて起きる大爆発シーンを目にしたような気がしたのだ。

その時凪人が考えたのは、なんて俺は運が悪いんだ、よりによって生まれて初めて入管をまともに通過できたはずのその日に、こんな災難に巻き込まれるなんて、というものだった。

ニュースの見出しが目に浮かぶ。

「空港で爆発テロか？　十数人が巻き添え」

被害者の一人として、誰かがネットで引っ張ってきた俺の写真が載る。ロクな写真がなく、会社のパーティか何かの動画から取り出した、中途半端な角度で映ったこの上なくどんよりした顔だ。だいたい、この歳になって、子供と一緒に暮らしていない中年男には、スナップ写真を撮る機会などまずない。例によって、俺の顔はとても怪しく、きっとこいつが爆発物を持ち込んだのだ、と写真を見た者は誰もが考えるに違いないのだ。

しかし。

静寂。何も起こらない。

ガチャリという鈍い音がして、凪人が顔を上げると、キャスリンがドアを開け、紙コップの載ったお盆を持って不思議そうにこちらを見ていた。みんなも恐る恐る顔を上げ、些か不自然な姿勢でキャスリンを振り返る。

キャスリンは、我々のポーズが何を示すのかしばし考えていたが、やがて納得したように頷くと口を開いた。

「皆さん、お疲れのこととは存じますが、お昼寝の時間はございません」

「──昼寝じゃないよ」

親父が疲れた声で言って、ごそごそと身体を起こした。

他のみんなも動き出す。

魔法が解けてしまったかのように、弛緩した空気が漂う。

どうして、あんなに恐ろしさを覚えたのだろうか。

それぞれの顔に、同調して動揺してしまった決まりの悪さが浮かんでいて、誰もが目を合わせようとしない。

「では、何をなさっていたのでしょうか。かくれんぼ、でしょうか？」

キャスリンは首をかしげた。

「いえね、ひとつの仮説が出たのよ」

ガラガラ声女が抱えていた汚いカバンをぱんぱんと手で払いつつ、呟いた。

「それは素晴らしいです」

キャスリンはニッコリ笑う。

「早くも協議の上、どなたがテロリストか突き止めていただいたんですね？」

「だといいんだけど」

女は嬉しそうなキャスリンをちらっと見ると、相変わらず無邪気にケージに身体を擦り寄せているコーギー犬に目をやった。

「犯人はその犬」

「はい？」

女は腕組みし、真面目くさった顔で犬を指さした。

「誰も飼い主だと名乗り出ないその犬がテロリスト。十四時から十五時にこの空港に着き、性別と年齢は不明。で、体内に爆弾を抱えていて、この場で自爆テロを決行しようとしてるんじゃないかっていう仮説を立てたの」

「この犬が自爆テロを」

キャスリンは大真面目だった。お盆を持ったままケージの前に座り込み、じっと食い入るように犬を見つめている。

まさか、本気にしているのか？

みんながキャスリンを見つめている。

キャスリンは、ひたと犬を見据えている。その目つきは、最初にみんなが彼女が変だと感じた時のものに似ていた。

が、キャスリンは納得したように頷き、立ち上がった。

「違うようですね。少なくとも、この犬の中に爆発物はありません」

「えっ？」

みんなが驚いたようにキャスリンを見た。

「そんなことまで分かるの？」

日焼け男がキャスリンに尋ねる。

「はい、私の鼻で火薬が探知されませんので。体内に異物も見当たりません」

キャスリン、どれだけ高性能なんだ。

改めて、キャスリンは人間ではないのだ、機械なのだ、ということを目の当たりにしたような気がした。

誰もがそう感じたようで、キャスリンを見る目に衝撃と畏怖《いふ》が混ざっている。

それはそうだ。情報収集を目的としてキャスリンが造られたのなら、人間には望むべくもない能力を付加したいと考えるのは当然だ。キャスリンは疲れないし、間違えない。昼だろうが夜だろうが、よく見えよく聞こえるのだろう。

だが、キャスリンにそう断言されると、奇妙な安堵が漂ったのも事実だ。彼女がそう言うのならば、確かに爆発物はないのだ、と。

こいつには俺たちがどんなふうに見えているのかな。

凪人はふとそんなことを考えた。

もしかして、俺たちが見ているようには見ていないのではないだろうか。まさか、中身が透けて見えるとか？

人間の中身が透ける。

想像してゾッとした。骨と内臓の入った、動き回る有機物の袋。キャスリンはそんなふうに俺たちを見ていたりするのだろうか。

それがどんなに気味の悪いことかキャスリンには理解できない。ただ、人間という生き物はそういうものだという知識だけがあり、彼女はただそれを「見ている」だけなのだ——

「残念ながらこの犬がテロリストだという仮説は成り立たないようです。けれど、わずかな時間でそういう仮説を皆さんで組み立てたというのは大いなる前進です。その調子でがんばってください。ファイトっ」

凪人の夢想をよそに、キャスリンは教師のように慈愛に満ちた笑顔と些か見当違いな言葉でみんなを励まし、飲み物を配った。

さすが、注文を間違えることはない。凪人は温かい紅茶を受け取った。

みんなで黙って飲み物をすすっていると、鳥の巣頭が口を開いた。

「キャスリン、ひとつ聞いてもいいですか」

いちいち質問の仕方が丁寧である。

「どうぞ」

キャスリンも、いちいち丁寧に答える。どうやら、これまでの様子を見るに、話しかけられた相手の顔は必ず見るようになっているらしい。

ふと、夫婦を険悪にする大きな要因のひとつが「生返事」だとどこかに書かれていたのを思い出した。

顔を見ないで適当な返事をする、というのがまずいらしい。そう言われてみれば、凪人も身に覚えがある。「聞いてるの」と言われるのが嫌で、ますます返事をするのが億劫《おっくう》になっていったっけ。

そのことを知っているのかいないのか、ともかくキャスリンはマナー的に見て立派である。

「現在起きている通信障害は、テロによるものなのでしょうか？　あるいは、当局はこれをテロによるものと考えているのでしょうか？」

キャスリンは黙り込んだ。どう返事をするか考えている様子だったが、やがて顔を上げた。

「これだけの規模の通信障害は、現在のシステムを考えると、自然発生的にはかなり起こりにくいです。ですので、人為的なものによる可能性が高いと考えております」

つまり、テロだということか。

「しかし、何か思いもよらぬ事故の可能性も捨て切れません。目下のところ、両方の可能性を視野に入れて鋭意調査しているようです」

慎重な答えだった。

「なるほど」

鳥の巣頭は顎を撫でた。

「もうひとついいですか。どのようなテロなのか、大体の予想はついているんでしょうか。

どこを狙っているとか、どういう破壊行為をするとか」

キャスリンは再び考え込んだが、今度はすぐに首を振った。

「そういう情報は今のところ入っていません。ただ、相当長い時間をかけて準備していたということは分かっています」

「周到に準備していた、と」

鳥の巣頭は、紙コップに口を付けたまま考え込んでいる。

「テロリストグループは何人くらいいるんですか？　単独犯ではありませんよね」

「正確な人数は不明です。少なくとも四人はいることは分かっていますが」

「四人以上——」

鳥の巣頭は唸った。

テロリストの人数というのは、何人くらいが相場なんだろうか。規模にもよるのだろうが、見当もつかない。四人というのは多いのか少ないのか。

「ところで、犯行声明は出ているんでしょうか？」

鳥の巣頭は、なかなか質問を止めない。

キャスリンから極力情報を引き出そうとしているのだろうが、元々好奇心旺盛なタイプなのだろう。

ロボットだから表情が読めないと思ってたけど、だんだん会話に慣れてくると、ちょっとずつこいつの「特徴」が分かってきた気がするぞ。

凪人はじっとキャスリンを注視した。

さっきから、キャスリンが熟考する質問は、当局にとって何か微妙な点に触れているようだ。返答に慎重さが求められる時は、当然ながら考える時間が目に見えて長くなるのだ。元々キャスリンの丁寧語には一部問題があったが、微妙な回答をする時はますます馬鹿丁寧なお役所言葉になる。

人間ならば、考え込む時もじっとしていられないものだ。人によっては、貧乏ゆすりをしたり、頭を掻いたり、動きが激しくなることもある。

たとえば、鳥の巣頭には、紙コップをくわえて考える癖があるらしい。紙コップをくわえたまま脇に両手を当て、宙を見つめているさまは、傍《はた》から見るとかなり滑稽であるが、恐らく本人は全く意識していないのだろう。

しかし、キャスリンの場合は、熟考する時は全く動きがなくなる。文字通り、まるで置物みたいに静止するのである。

頭の中の集積回路が、最も適切な回答を求めて猛烈に活動している音が聞こえるような気がするくらいだ。

「そうですね、いわゆる『犯行声明』的なものは出ていません」

熟考ののち、キャスリンは用心深く答えた。

「じゃあ、政治的なグループじゃないんですね」

鳥の巣頭がそう言うと、キャスリンは眉をひそめた。

おお、こういう芸当もできるのか。

凪人はいちいち細かいところに感心する。

「えー、実は、先ほど本日到着する敬称抜きのテロリストの仲間はスリーパーだと申し上げましたが、このテロリストグループ自体、これまでに全く当局のリストには挙がっていなかった模様です」

「えっ、じゃあどうやって今日のテロのことが分かったの？」

「はあ、担当者いわく、幾つかの幸運な偶然が重なったことによって、だそうです」

「それって、まずいんじゃないか」

「頼りないなあ」

口々に不満の声が上がる。

「けれど、彼らが連絡を取り合う過程で浮かんできた、キーワードと思われる単語があります」

「キーワード？」

「はい。恐らく、それが彼らの目的なのではないかと思われます。それが何かと言いますと」

みんなが身を乗り出した。

「消滅、です」

あまりにあっさりした言葉だったので、凪人は一瞬なんと言ったのか聞き取れなかった。

ショウメツ？

「何、それ」

みんなが顔を見合わせる。

新種の爆弾か何かだろうか？

「消滅、です」

キャスリンは繰り返した。

「彼らがテロを行うことで、本日何かが『消滅する』らしいのです」

「ああ、その消滅か。消えてなくなるってことね」

「あのー、それだけですか？」

鳥の巣頭がおっかなびっくり尋ねた。

「はい」

キャスリンは平然と頷く。

「でも、それって本当にテロなんですかねえ」

鳥の巣頭は困惑した顔で首をかしげた。

さすがに紙コップは口から離している。

「もしかして、全然テロとは関係ない連絡だという可能性はないんですか？　以前、アメリカでテロ計画の可能性のあるメールだと思って一斉摘発したら、同窓会で恩師をびっくりさせるサプライズ企画をどうするかっていうメールだったってことがありましたっけ」

「いえ、それとは違います」

キャスリンは、今度は自信を持って否定した。

「詳しくは申し上げられませんが、大規模なテロ行為が計画されていることは確かなのです。彼らはとても用心深く、統率が取れています。連絡事項の中でも具体的な行為は挙げていません。その内容から尻尾をつかまれることを避けています。唯一、言葉にしているのが『消滅』なのです」

「考えようによっちゃ怖い言葉だなあ」

親父が呟いた。

「何を消滅させるんだ？　首都消滅、とか」

「やめてくださいよ、そんな物騒なこと言うの」

　中年女が青ざめる。

「具体的に何が『消滅する』のか、あるいは『消滅させる』のかは分からないわけですよね？」

　鳥の巣頭は再び紙コップをくわえた。

　やはり、熟考する時の癖らしい。

　みんなして彼の奇矯《ききょう》なポーズと唸り声に注目する。

　そこで口を開いたのは日焼け男だった。

「もしかすると、やっぱりこの通信障害がそうなんじゃないですか？」

「これがテロだと？」

　鳥の巣頭が紙コップを離す。

「はい。テロと言えばつい爆弾を連想しちゃいますけど、目に見える破壊行為だとは限りません。サイバーテロのほうが、もしかするとずっと破壊的かもしれない。このまま通信障害が続いたら、社会生活に凄まじい影響が出ます」

「それはそうだ。サイバーテロはより広範囲に、より多くの人間に影響を及ぼす」

鳥の巣頭も同意した。

キャスリンが頷く。

「はい、その可能性は指摘されていました。これはサイバーテロなのではないかと。これが彼らの目的なのではないかと」

キャスリンは一瞬間を置いて、みんなを見回した。

「けれど、もしサイバーテロが彼らの目的ならば、おかしなことがあります」

「ええ」

日焼け男が頷く。

「なんでわざわざこの日に日本に戻ってくるのか、ですね」

日焼け男は頭の後ろで手を組んだ。こいつの考える時のポーズはこれらしい。

この通信障害、発覚してからかなりの時間が経つ。入管職員が午後からずっとだと言っていたらしいから、かれこれ六時間くらいは経つのではないだろうか。きっと外では大混乱になっているだろう。

「日本に対するサイバー攻撃だけが目的ならば、わざわざ決行日に入国する必要はありませんよね。サイバー攻撃は、どの国にいてもできるし、特に移動する必要はない。むしろ、つかまらないためには海外にいたほうが安全です」

「その通りです。ですので、やはり本日到着した敬称抜きのテロリストメンバーが参加することによって完成する、なんらかの破壊行為があると疑っているわけでございまして」

またキャスリンの言葉が馬鹿丁寧になった。つまり、これが当局の本音ということのようである。

「本日到着したメンバーが参加することによって完成する、なんらかの破壊行為ねえ」

鳥の巣頭は律儀にキャスリンの言葉を繰り返した。

「それってどういう行為なんでしょうね。何か持ってくるのかな。重要な機械の部品とか、ネットを経由するとまずいソフトウエアとか？」

「あるいは、何かを操作する技術をそのメンバーが持っているとか」

「わざわざこの時のために来るんだから、何か必要なものを携行していると考えるのが自然ですよね」

みんなが互いに探るような目つきになった。

誰かが何かを持っているかもしれない。それを持ち込むことによって何かの破壊行為に関与するもの。

ずいぶんと漠然とした話だ。

「どうする？　持ち物検査でもするか？」

親父が胡散臭そうな目で他のみんなを見た。

「でも、爆発物とかじゃないわけでしょう。何を探せばいいのか分からない。僕らが見て、それがそうだと分かるようなものなんですかねえ」

日焼け男は懐疑的だ。

「情報機器に類するものを提出して、調べてもらったらいいんじゃないか」

「情報機器に類するものって？」

ヘッドフォン男が尋ねる。

「携帯にパソコン」

日焼け男は指を折って数え始めた。

「メモリー機能があるもの。ＳＤカードとか、それこそＩＣ乗車券も入るかな。会社のＩＤカードとか」

「そんな、それって個人情報じゃないですか」

顔色を変えたのは若い母親だ。

「嫌です、私」

そう頑なに首を振ると、なぜかぎゅっと怯えたように子供を抱きしめる。

その様子を誰もが一瞬奇異に感じたようだが、親父はそのことには触れずに肩をすくめた。

「はい、言いました」

「前科なし。普通の一般市民。テロ行為に関わるのはこの一回こっきり」

「はい、そうです」

ごま塩頭が念を押すと、キャスリンは頷いた。

「もしかして、本人も自分の役割を知らなかったとしたらどうです？」

「え？」

今度はみんなが身を乗り出した。

「あなたの言う、いわゆる『スリーパー』の意味するところはこうでしょう。普段は全く普通の一市民として暮らし、社会に溶け込んでいる。けれど、ずっと先の、来《きた》るべき目標のその日に備えて、裏では着々と準備を進めている。強い意志を持って、その日が来るのを待っている。すわ、今日が一世一代の大舞台だ」

ごま塩頭は淡々と言った。

「でもねえ、やっぱり、普通にはなかなかそんなことできませんよ。破壊行為なんて、そうそうできない。そっち側に行くには、それなりの強い動機が必要だ。しかも、今言ったようなタイプの、きちんと社会生活も送れる、それなりの思慮分別も、計画性もある辛抱強い人間だったら、きっと守るべきものもできているでしょう。私には、この中にそういう『スリーパー』がいるようには見えない」

どちらかといえば、そっけない口調なのだが、ごま塩頭の言うことには妙に説得力があった。

「それに、そんな大それた行為をこれからするのであれば、こんなふうにあれこれ探りを入れられて、そうそう平気ではいられない。それが演技でないとすれば、考えられるのは、本当に本人も自分の役割を知らないからじゃないか」

「というのは、つまり」

親父が愕然《がくぜん》とした表情になる。

「はい。自分が『スリーパー』であることを知らない。あるいは、自分がすることが『スリーパー』行為になるということを分かっていないでしょうかね。テロリストグループにとっても、そのほうが安全だ。その可能性はあるんじゃないでしょうか。嘘のつきようもないし、情報を漏洩されることもない」

「そんな」

悲鳴のような声が上がった。

「それがほんとだったら、お手上げじゃないか。本人も分からないのに、どうやって見つけ出すんだよ？」

「あ、でも、もしそうだとしたら」

ヘッドフォン青年が思いついたように声を上げた。

「僕たち、ずーっとここにいればいいんじゃないですか？」

「え？」

何を言い出すんだというように、みんながヘッドフォン青年に注目した。

「もし、僕らの誰かが自分が知らないうちにテロ行為を完成させることになるのなら、何もしなきゃいいわけでしょ。少なくとも、僕らは爆発物や危険物は持ってないですものね。そうですよね、キャスリン？」

キャスリンがハッとしたように青年を見る。一瞬、無表情になり、考え込んだが、こっくりと頷いた。

「はい。皆さんは、いわゆる危険物に類するものは持っていません」

また考え込んだな、と凪人はキャスリンを観察した。

「そうそう、僕、思ったんですけど、さっきの指切りげんまんがそうでしょ」

ヘッドフォン青年は明るく言う。

「何が？」

日焼け男が尋ねる。

「さっきその犬にかがみ込んで火薬も異物もないと言ってたけど、たぶん、キャスリンは、僕たちのこともチェックしましたよねえ。わざわざ全員と指切りげんまんしたのは、至近距離でないと、中に異物や火薬があるかどうか分からないからでしょ？　違います？」

その時のキャスリンの表情は見ものだった。というか、ピタリと静止したのだ。

固まる、というのがこれほど文字通り当てはまるのはキャスリンが機械だからかもしれない。対する人間グループも、張り合うかのように硬直してキャスリンを見つめていた。

さっきの指切りげんまんにはそういう意味があったのか。

「もちろん、今の空港のセキュリティは凄いけど、もしかして、空港に着いた時に仲間から危険物を受け取ってるかもしれないし、なんらかの方法で危険物を手に入れているかもしれない。だから、僕たちを一か所に集めたんですね。そうすれば、全員に一度に接触できるから」

この童顔のヘッドフォン男、自分がものすごいことを言っているのに気が付いていないらしい。

「だから、とりあえず僕たちがここでこうしていれば、それが何かは分かりませんが、テロ行為の完成を遅らせることができるはずですよねえ。きっと、その誰かが入国して、空港から出て、本来すべきだったことができないわけだから」

青年は「いいことを思いついた」という無邪気な表情であるが、キャスリンと二人を除く他の人間たちは、どういう反応をすべきなのか、固まったままである。

いったいこいつらの話はどこに向かおうとしているんだ。

凪人も混乱していた。キャスリンの指切りげんまんの意図だとか、実はスリーパーはスリーパーであることを知らないとか、いろいろびっくりしなければならないことが多すぎる。

「そんなこと言われても」

親父が困惑した声で言った。

「いつまでいればいいっていうんだ？　外に出ずにここで暮らせっていうのか？」

「——困ります」

中年女が力なく言った。

「ああ、ほんとに早く帰らないと」

「そういえば」

ごま塩頭が思い出したように、青ざめた中年女の顔を見た。

「あなた、さっきからずっと、ご主人に電話しなくちゃって言ってましたけど、固定電話は貸してもらえたんですか？」

中年女は弱々しく首を振った。

「結局主人は移動中で携帯電話しか持ってないので、掛けても繋がらないことに気付いたんです」

「ああ、そうか」

この通信障害で、固定電話どうしでなければ繋がらないのだ。このご時世で、連絡を取りたい者どうしが固定電話のあるところにいるのは難しいだろう。

「いや、二日も三日もここにいなきゃならないということはないんじゃないかなあ」

ヘッドフォン男は考えながら言った。

「その根拠は？」

鳥の巣頭が尋ねる。

「僕たちの到着した時間です。きっと、今日の十四時から十五時に到着する便に乗ってたというのには、それなりの理由があったんだと思うんです」

「十四時から十五時に着く便」

凪人は反射的に時計を見た。

もう三時間以上過ぎている。外は暗くなり始めているだろう。というより、今日は台風のせいで昼間から真っ暗だったけれど。

「えーと、たとえばですね、もしその『スリーパー』が予定通りに到着して予定通りに行動していたら、今ごろは、もうとっくに家に帰るなり、誰かに会うなりしてたわけでしょう」

　ヘッドフォン青年も時計に目をやる。

「もし大がかりなテロ行為を計画するんだったら、どの時間帯に起こすか。最大限の効果を狙うんだったら、朝か夕方でしょう。みんなが一斉に移動する時間です。だから、今日、『スリーパー』がテロ行為を完成させる時間帯は、夕方五時とか六時とか、そのくらいを狙ってたはずです。この通信障害で現場が混乱してるところで何かするっていうのが目的だったんじゃないかなあ」

「何かって何？」

　ガラガラ声の女が聞いた。

　ヘッドフォン男は首を振る。

「それは分からないけど、このテロは通信障害とセットになってると考えるのが自然だと思います。だから、僕はもう予定時刻は過ぎてると思う」

「じゃあ、このままこうしてれば、ずっと何も起きないと？」

「そうなんじゃないかと思います。きっと今、通信障害の原因を必死に調べてるでしょうから、僕らがここにいるあいだに通信障害が解除されれば、通信障害とセットになってるテロ行為が完成されることはないんじゃないかとも思うし」

青年はあくまで楽観的である。

「だったら、ここで僕たちがしばらくじっとしてることで、テロを防げるんじゃないですか？　いろいろお急ぎの方もいるみたいだけど、今の通信障害の状況じゃ、仕事も何もできないでしょうし」

ある意味、今の二人の仮説は天啓だった。この中に正体を隠したテロリストが紛れ込んでいるわけではなく、動かずにいるだけでテロが防げる。異様な緊張状態が続く中で、誰もがその考えに飛びつきたくなったのも無理はない。

「――であればいいんですけど、ひとつ気になることがあるんですが」

鳥の巣頭がどこか残念そうな声で言った。

恐らくは、彼も今の意見に同意したい気持ちがどこかにあったのだろう。

みんながなんとなく「せっかくホッとしたところなのに、余計なことを言うな」という目つきで睨みつけたのも気のせいではあるまい。

「なんだよ」

みんなの気持ちを代表するように、親父が言った。

「さっき、キャスリンは急いでいると言いました。今日の日付が変わるまでになんとかしてほしいと」

そういえば、確かにさっきそのようなことを言ってたな。

凪人はキャスリンに目をやった。

キャスリンは、固まったまま何かを猛烈に考えている様子である。あの青年に「指切りげんまん」の意味を見破られたことがショックだったのだろうか。もっとも、彼女に「ショック」という感情があるのかどうかは不明だが。それに、本当にさっきの「指切りげんまん」が危険物探知のためだったのかはまだ分からない。しかし、あの唐突な提案ののち、一人一人ときっちり交わした理由としては確かに筋は通っている。

考えるという行為は、目に見えるんだな。

ふと、凪人はそんなことを思った。

キャスリンを見ているとそれがよく分かる。考える、それは脳細胞をフル回転させることであり、彼女にとっては、集積回路をフルスピードで稼働させることなのだ。

それはあくまでも動作であり、行動のひとつである。

キャスリンは「考えている」時、他の動作はしない。なるほど、何かをしながら別のことをする、という行為は機械にとって難しいことなのだ。洗い物をしながらぼんやり考え事をするとか、運転しながら企画を考えるとか、人間なら普通にやっていることが彼女にはなかなかできないらしい。

「どうですか、キャスリン。日付が変わるまでにというのは、何か理由があるんですか？」

鳥の巣頭はその「沈思黙考」中のキャスリンに声を掛けた。

「あります」

それでも、人間なら集中していると上の空になりそうなものだが、ちゃんと聞いているのが機械の凄いところで、キャスリンは即座に頷いた。

「なぜです？」

身を乗り出す鳥の巣頭に向かって、キャスリンはきっぱりとした口調で言い放つ。

「ひとつは、明日が十月一日だからです」

鳥の巣頭は目をぱちくりさせ、壁の日めくりに目をやった。

「は？　確かにそうですけど、それが？」

「明日から下半期です。そして、十月一日付で、重要な人事異動があります」

「だから？」

みんながぽかんとした顔になるが、キャスリンは例によって大真面目である。

「明日付で、新たな空港支局長が赴任いたします。ですので、このような重大なトラブルは、なんとしてでも前任者の任期内に解決せよとのお達しです」

あぜんとした空気が漂った。

「――なんだ、そんな理由か」

「――お役所だなあ」

誰かがぼそぼそと呟いた。

凪人も同感だった。キャスリン、正直すぎるぞ。キャスリンの集積回路には建前という概念はないのだろうか。

「それって――誰が言ったの？」

ごま塩頭があきれ顔で尋ねる。

「私の指導教官です。新局長が赴任した日に責任を問われるような事件があって、赴任日が更迭《こうてつ》日になっちゃ洒落にならん、とのことで」

「そりゃそうだ。テロなんかあった日には、当然責任者の首も飛ぶわな」

「はい。今回来る新局長は数年間に及ぶ各派閥の駆け引きと根回しの結果、ようやく実現した若手革新系のエースなので、ぜひともがんばってもらわなきゃならないそうです」

「生臭い話だなあ」

いいのか、キャスリン。キャスリンの指導教官は、こんなことまで彼女が喋るとは予想していなかったに違いない。

「そんなことなら、ここで粘ってても大丈夫だな」

「――そして、もうひとつ」

キャスリンは人差し指を立てた。

「実は、現在わが国に対して、本日、当空港に到着したある人物が、某国の犯罪被疑者であるとして、その某国より外交ルートを通じて引き渡し請求が為《な》されております」

鳥の巣頭がハッとするのが分かった。

みんなの頭にも同じ人物の顔が浮かんでいるに違いない。

ベンジャミン・リー・スコット。

ゴートゥヘルリークスの開発者として、今、全世界のニュースで名前の挙がる、注目の人物だ。

お尋ね者となったアメリカを出てロシアに向かったあと、大方の予想を裏切り、いきなり日本に現れた。みんなが驚いていたが、この通信障害だ。このニュースはどのくらい世界に広がっているのだろうか。さっき入管職員と警備員に連れていかれるところを目の当たりにしたが、とても落ち着いていたっけ。

「引き渡すんですか、ベンジーを」

鳥の巣頭が不安そうな顔で言った。

そうか、あの男はスコットと知り合いだったっけ。世界は狭いものだ。

「該当者の名前はお答えしかねますが、わが国と某国は、犯罪者引き渡し協定を結んでおります」

キャスリンは淡々と答えた。

「そうだよ」

鳥の巣頭は腹立たしげな表情で呟いた。

「協定があるから、絶対に日本には来ないと思ってたのに。なんで来たんだ？　てっきり次は中米か北欧かと」

それは凪人も不思議に思っていた。スコットのような頭のいい男が、日本に来たらすぐに本国から引き渡し請求をされることに気付かないはずはない。

「ただ、現在は少しばかり困った状態にございまして」

キャスリンはあっさり言った。

「困った状態？」

「はい。該当者いわく、自分は入国申請はしていない。この空港に来ただけだと」

「そう言ってるんですか、ベンジーは？」

鳥の巣頭は目をぱちぱちさせた。

キャスリンは頷かない。

「該当者の名前はお答えしかねますが、該当者いわく、入国の意志は今のところないので、パスポートの提示もしないと」

あくまでスコットの名前は出さないようである。

「ふうん。入管相手にそんな詭弁《きべん》が通じるのかね」

親父が例によってシニカルな口調で言う。

「それは目下のところ検討中なのですが、該当者が入国の申請をしない、パスポートを提示しないとなりますと、何も始まらないわけでして」

キャスリンは親父をちらりと見た。

「引き渡し請求をする側は、該当者が引き渡し請求をする人物と同一人物であると証明しなければなりません。立証責任は請求者にあります。しかし、該当者はわが国に入国を申請していないので、パスポートを提出する義務はありません。すなわち、パスポートを見られない以上、同一人物であると誰も証明できないのです」

「ふうん。そういうことになるのか」

親父は感心したような、あきれたような、複雑な表情になった。

「考えたな」

「はい。となりますと、こちらも困ったことになります」

キャスリンは神妙な顔で言った。

「ぶっちゃけた話、いったん入国していただくと、犯罪者引き渡し協定を適用しなければなりません。すると、手続きやら経費計算やらいろいろと面倒臭いので、その前に、入国申請の時点で上陸拒否事由のほうを適用して、入国を許可せず、さっさとどこかに行っていただくのが当方の第一希望だったのです。しかし、該当者が入国を申請していないと主張する以上、いちばん円満かつ理想的な対処法だった第一希望はあきらめざるを得ません。現在、みんなでたいへん残念がっておる次第です」

またしても、キャスリン、ぶっちゃけすぎだ。というか、当局、正直すぎだ。

今度は誰もが苦笑を隠さなかった。

しかし、鳥の巣頭だけは笑わない。

「で、当局の第二希望は？」

「第二希望は目下検討中です」

キャスリンは無表情に答えた。

つまり、第一希望以外全く考えてなかったということだな。

凪人はそう断定した。

当局は、まさかスコットがそんな搦手《からめて》で来るとは思わなかったのだろう。

「そういうわけで、現在、我々は某国から本日中に引き渡し請求を受け入れるかどうか返答せよと強く迫られております。この件も、新任者が来る前に必ず解決しておかなければならないとのことです」

そっちがやっぱり最大の理由か。

「本日中に引き渡し請求を受け入れないとどうなるの？」

ガラガラ声の女が尋ねる。

「今のところはまだなんとも言えませんが、この状態が長引くことになれば、外交問題に発展しかねません。そうなることが強く懸念されております」

間違いなく外交問題になるだろうな。いや、きっと「某国」は外交問題にしてくるだろうな。

「スコットってつかまえられないの？」

ガラガラ声女は、今度は鳥の巣頭に向かって聞いた。

鳥の巣頭は考えながら答える。

「彼が入国申請をしていないと言い張るのであれば、できないでしょうね。国際空港の中は、慣例からいってどこの国でもないので。ただ、彼が暴力を振るうとかして空港内で罪を犯せば、その時は日本の法律が適用されます」

「なるほど。別に、今のところ彼は何もしてないもんね。入国しないと言ってるだけで、それって犯罪じゃない」

「そういうことです」

「でも、彼、これからどうするつもりなんでしょうね？」

日焼け男が口を挟んだ。

「ずっとここにいるわけにはいかないでしょう」

「空港で暮らすとか？　昔の映画にあったよな。アメリカの空港に到着した時に祖国で紛争が起きて、国家が一時的に存在しなくなったせいでパスポートが使えなくなって、入国できずに空港で暮らすって話」

親父が呟く。

「まあ、暮らせないことはないな。考えようによっちゃ、結構快適かも」

「ああ、その映画、あたしも見た」

ガラガラ声女が頷いた。

「だけど、実際には、紛争があろうがクーデターがあろうが、国家という形態は存在しているとみなすから、パスポートが使えなくなるってことはまずないけどね」

「そうなんですか？」

「あたしの知ってる限りでは」

この女、そういう方面に詳しいようだ。恰好からいっても、アフリカとか中東とか、いわゆる紛争地近辺から帰ってきたように見える。さっき、浜松町にNGOの本部があると言ってたっけ。

「そうだ」

鳥の巣頭が顔を上げた。

「犯罪者引き渡し協定って、免責事項がありましたよね」

「免責?」

「――確か、政治犯と日本国籍を有する者は、対象から除外していたはず」

「へえ。そうなんだ」

「たとえば、ベンジーは政治犯ということで、引き渡しを拒否するという可能性はありますか、キャスリン?」

鳥の巣頭は友人を助けたいようである。

キャスリンは首をかしげた。

「該当者を政治犯と言えるかどうかも含めて、難しいと思われます。某国は、既に該当者の罪状は国家機密漏洩に限定しており、逮捕状の写しを送ってきていますし」

「政治犯て、どう定義すんの？」

ガラガラ声女の質問に、日焼け男が唸った。

「うーん。国際法だと、一国の政治秩序を害することを目的とした犯罪行為、じゃなかったでしたっけ」

「やけに漠然としてるのね」

「解釈に幅を持たせてるんじゃないでしょうか」

「スコットって、政治犯かしら？　確かに政治秩序には影響与えてるよねえ。義憤でやったことだろうし」

「あいつを政治犯扱いなんかしたら、それこそ『某国』は怒り狂うんじゃないの？」

親父が茶々を入れる。

「でも、ベンジーは、法に触れるようなことは何もしていません」

鳥の巣頭は悔しそうに言った。

「全世界に公開されている文書を、彼自身が開発したソフトで分析しただけなのに。機密漏洩だなんて、明らかな言いがかりだと、みんな分かってるじゃないですか」

ずっと冷静だった彼の顔に、かすかに赤みが差した。

「彼は自分の技術で特許も取っているし、彼がソフトを使うのは違法じゃない。しかも、彼は決して利益を求めてやったんじゃない。こうして大騒ぎになって、逃げ回る羽目になることを彼が予想しなかったはずはない。それでも、欺瞞《ぎまん》を暴くためにやったんだ。こんにちの世界では、これを政治犯罪とみなすべきなんじゃないですか」

みんなが気圧されて黙り込む。

「あのう——テロリストの件とスコットの件を今日中に解決しなければならないという、そちらの事情は確かによく分かったんですけど」

そこに、ヘッドフォン男が恐る恐る割り込んだ。

「で、さっき僕が提案した、ここに僕らがじっとしてることがテロの抑止になるというのはどう思います？」

ヘッドフォン男はみんなを見回し、キャスリンに視線を据えた。

「日付が変わるまでに通信障害が解除されれば、新たなテロは防げたということにならないでしょうか？　そうすれば、新任者の責任にはならないのでは？」

そうだ、空港支局の人事異動より、俺たちにとってはそっちが問題だ。俺たちの中にテロリストはいないと、ここにあと数時間じっとしてるだけでいいと言ってくれ。

みんなが思い出したように熱い視線をキャスリンに送る。

キャスリンは、少し間を置いてから口を開いた。

「あなたの意見はたいへん興味深いものであると思われます」

大真面目に頷いてから、キャスリンはきっぱりと言った。

「ですが、やはり、なんとしても『スリーパー』を特定していただかないわけにはいかないのです」

18

「どうして？」

ほとんど同時に、みんなが叫んだ。あまりにもぴったり声が揃ったので、康久は思わず「ハッピーアイスクリーム」と言いそうになった。そういえば、この習慣も、ものすごく久しぶりに思い出した。子供の頃、彼の祖母が、誰かと話していて同じことを口にしたら、そう言って魔除《まよ》けをするのが前世紀のおまじないだと教えてくれて、しばらく祖母と彼とのあいだで流行ったのだ。

キャスリンは動じない。

「――皆さんもご存じかと思いますが、現在、日本列島に非常に勢力の強い超大型台風が接近しております」

台風。

なんとなく、康久は辺りを見回した。

この窓のない閉鎖空間にいるせいか、外の天候のことなど全く念頭になかった。

空港はもう閉鎖されたと言っていたっけ。

さっき通路から見た真っ暗な空を思い出す。きっと今ごろはもっと凄いことになっているのだろう。

康久は久しぶりに現実的な不安を感じた。

ここから解放されたとしても、交通機関は動いているのだろうか？　タクシーもいないだろうし、どのみち今日はここに泊まることになるのではなかろうか。

そう考えたところで、これまた久しぶりに、帰国したら真っ先に淡々軒の肉ワンタン麺を食べようとしていたことを思い出した。

なんということだ、淡々軒の肉ワンタン麺を忘れているなんて。いかに自分が動転していたか気付いて愕然とする。

もう今日は淡々軒に行くのは無理だろう。どう考えても営業時間に間に合いそうにないし、もしかするとこの天候だし客も少なく、早々に店じまいしているかもしれない。

突然、目の前に肉ワンタン麺の香りが蘇り、かすかに眩暈がした。肉ワンタン麺のことを考えたら、急に空腹を感じたのだ。

　日付が変わるまでここにいなければならないとして、夕食は出してくれるのだろうか。引き止めているのは入管だし、経費で落ちるはず。しかし、キャスリンは空腹は感じないだろうし、まさかこのまま飲み物だけ？　解決するまでおあずけ、とか。

　キャスリンは、壁に目をやった。

　日めくりを見ているようでもあり、別のところを見ているようでもある。

「台風は、少しずつスピードを上げておりまして、予想よりも早く紀伊《きい》半島に上陸すると見られております」

「上陸予想時刻は？」

「今のところ、午前二時くらいを予想しております」

「上陸もクソもないだろ。見たろ、今朝の天気図。めちゃめちゃでかい台風だぜ。日本列島がまるまる、すっぽり暴風域に入っちまってるんだから」

　キャスリンと親父とのやりとりを聞いていて、ふと、康久は疑問を覚えた。

　台風の進路と速度。

　キャスリンは、こういった情報をどこから得ているのだろうか？

　さっき飲み物を取りに行った時だろうか？

キャスリンのこれまでの言動を思い浮かべてみる。

いや、違うな——キャスリンは、リアルタイムでどこかから情報を得ているように思える——常に連絡を取っている——誰と？ 彼女の指導教官？

康久は、改めてキャスリンをじっと見た。

間違いなく彼女には高性能の通信機能が付いている。無線でデータの取得もできるはずだ。もしかすると、彼女が「考えて」いるように見える時は、誰かに指示を仰いでいるのではないだろうか。

不意に、康久は、キャスリンの「向こう側」にいる誰かの存在を強く感じた。

強烈な直感だった。

そうだ、考えてみれば当然だ。キャスリンはあくまで「アシスタント」であって、彼女を道具として使う人間がいるのだ。

こうして人間そっくりのヒューマノイドと接していると、ついつい彼女を主体性を持った存在として扱ってしまうが、なぜ俺たちを一か所に集めて、彼女に対応させているのか考えてみれば、すぐに分かる。

彼女はいわばマジックミラーで、彼女を通して俺たちを観察し、俺たちに関するデータを検討するためだ。感情を持たないキャスリンをあいだに挟むことによって、極力「向こう側」の思惑や意図を隠したまま、俺たちから事情聴取をしたいのだ。

キャスリンの見てくれが、威圧感のない、若い普通の女の子だというのも計算のうちなのだろう。警戒心を抱きにくいし、むしろ徐々に親近感すら覚えるようになってきているではないか。彼女の微妙なオトボケ感も、慣れてくると心理的垣根を低くするのに一役買っているように思える。

これを、キャスリンの性格と呼ぶべきなんだろうか？

康久は素朴な疑問を感じた。

キャスリンの会話には、たくまざる、奇妙なユーモアめいたものがある。明らかに、キャスリンの「個性」や「人格」のようなものが感じられるのだ。それは、彼女を造ったエンジニアが意図して組み込んだプログラムなのか、それとも、機械の「癖」のようなもので、たまたまそうなってしまったものなのだろうか。

そもそも、人間の性格や個性も、有機物のパーツの寄せ集めから図らずも滲《にじ》み出《で》てしまった「癖」なのだろうか。

疑問はとめどなく湧いてくる。

こんな状況でなければ、キャスリンにいろいろ哲学的な質問をして、彼女がどう返答するのか試してみたいし、できればキャスリンを造ったエンジニアに会って、開発の苦労やヒューマノイドという存在の不可思議さなど、聞いてみたいことは山とある。

だが、こんな状況でなければ、キャスリンに会うこともなかったのだと思うと、自分が幸運なのか不運なのか分からなくなってくる。

こんな話、信じてもらえるだろうか。

康久は、自分が職場に戻って、同僚にキャスリンの話をするところを想像した。

若い女の子のヒューマノイドで、お茶まで出してくれて、不気味なところもあれば、独特のユーモアセンスもあって――

ダメだ、誰も信じてくれそうにない。

康久は小さく首を振った。

それに、俺自身、ここを離れたら、キャスリンの存在が夢だったのではないかと疑い始めそうな気がする。近い将来、キャスリンの（あるいはキャスリンたちの）存在は明らかになるのだろうか。このまま隠されているのであれば、やがてここを出た俺たちの口から広まり、彼女の存在は都市伝説となっていくのかもしれない。

それとも、近い将来、キャスリンは普通の存在になっているのだろうか？

街角を行きかう人々。そのうち何割かはヒューマノイドになっている。見た目では分からない。が、そのことを自然なこととして受け入れている。ああ、彼女はそっちなのね。今度の新人はそっちらしいよ。

減り続ける人口の代わりに社会を担うインフラとして、当たり前にヒューマノイドと暮らし、社会活動をする世界が来るのだろうか。

そんなことをぼんやり考えている康久の目の前で、当のキャスリンが大真面目に喋っている。

「はい、そのように史上最大級の台風のため、いろいろ不測の事態が起きると思われます。現在、予想されるさまざまな事態をシミュレーション中です」

「電車、動いてるのかしら」

「帰れるのかなあ」

みんなも帰り道のことを考えたらしく、ボソボソと不安そうに呟く。

「この通信障害、ひょっとして台風で何か壊れたせいなんじゃないの？」

「台風なのかテロなのか分からないよね」

「台風自体、テロリストが仕組んだものだったりして」

「どうやって台風起こすのよ？」

「さあ。どっかの洋上で、うんと何かをあっためるとかすれば発生させられるんじゃないのかね」

台風なのかテロなのか――

「目下のところ、当空港でいちばん懸念しているのは高潮です」

キャスリンが説明する。

「高潮?」

「はい。まずいことに、この時季、大潮《おおしお》に当たっておりまして」

大潮。そうか、新月だもんな。

目下、マレーシアはラマダン(断食月)中である。ラマダンは新月と確認された日の夜から始まるので、ムスリム国家で仕事をしていると、太陰暦を意識するようになる。そして、新月と満月の頃に、いちばん潮の動きが激しくなるのだ。

「防潮堤があるんじゃないの? 数年前に嵩上げしたよね」

誰かが尋ねた。

「はい」

キャスリンは頷く。

「しかし、今回の台風はあまりにも強大です。我々のシミュレーションでは、海底の地形と風向きの組み合わせによっては、今後、最大八メートルの高潮が予想されており、防潮堤を越えてくる可能性が大なのです」

「八メートル？」

悲鳴のようにみんなが叫んだ。

八メートル。

康久は、なんとなく天井を見上げた。二階建て家屋を難なく越えてしまう高さだ。

「高潮ってそんなに高くなるもんなの？」

「こないだの巨大ハリケーンで、ＪＦＫ空港が高潮で浸水して、ひと月近く使えなかったよね」

騒然となるのを宥めるかのようにキャスリンが両手を広げてみせた。

「もちろん、空港内は安全ですので、ご安心ください」

まあ、空港施設は高さも強度もあるから大丈夫だろう。

康久はそう自分に言い聞かせるが、八メートルの高さの水が押し寄せてくると考えると心穏やかではない。

「ただ、問題なのは浸水です」

キャスリンは低い声で言った。

「いったん防潮堤を越えて浸水してきた場合、水が引くまでどのくらいかかるのか全く見当がつきません。地上施設、地下施設にもどれくらい影響が出るか。強力な排水ポンプを備えてはいるものの、その能力を超える可能性があります。今のところ、まだ鉄道機関は動いていますが、地下にある駅もあり、いったん浸水してしまったら使えません」

「いや、待てよ、鉄道どころか、空港が浸水しちまったら、道路も水没して、車も使えないじゃないか」

親父が青い顔で指摘した。

「はい、おっしゃるとおりです」

キャスリンは神妙に認めた。

「高潮が発生して空港が浸水したら、ここは孤立してしまうわけでして」

みんなが愕然として「今のは冗談だった」と言ってほしいと期待するような表情でキャスリンを見た。

が、むろんキャスリンは気に掛ける様子もなく平然と続ける。

「ですので、飛行場高潮警報が出たら、退避しなくてはなりません。その警報が出されるであろう予想時刻が、今のところ午前零時なのです」

誰もが絶句している。

康久は、ふと笑い出したくなった。

今日中に「スリーパー」を見つけなければならない理由。

どう考えても、人事異動やアメリカの要求より、下手すると生命の危険に関わる、こちらのほうが重大な事由ではないか。

なのに、こちらを二つ目の理由に挙げるというところに、お役所の論理を見るというか、不条理感を覚えるというか。

それとも、これはキャスリンのブラックユーモアなのだろうか。本人が意図しているわけではないことは承知しているが。

「ですので、午前零時には皆さんをお帰ししたいのですが、さっきから話している通り、テロを完成させる可能性がある以上、該当者をここから出すわけにはいかない。ジレンマです。となると、やはり該当者を特定するしかない」

台風か、テロか。

さっきの誰かの言葉が康久の頭を過る。

「該当者を見つけたら、その人はどうなるの？」

ガラガラ声の女が尋ねた。

「その方だけは、別のところに移送することになるでしょう」

「じゃあ、ベンジーも移送するんですか？」

鳥の巣頭が尋ねると、キャスリンはちらっと彼を無表情に見た。

「さあ。私には分かりかねます」

返事はそっけない。

ごま塩頭が困り切った顔で呟いた。

「困ったな。明日の昼、甥っ子の結婚式なんだ。そのために帰ってきたのに。電車だっていつ止まってもおかしくない」

彼は思い切ってキャスリンに哀願した。

「お願いしますよ、警報なんか出るのを待っていないで、なんとか、もう帰していただくわけにはいかないですか」

「そうですか。でしたら、ますます急いで『スリーパー』を見つけ出さなければなりませんね。甥御さんのためにも一緒にがんばりましょう」

キャスリンは平然とした表情を崩さず、にべもない回答。おまけに、場違いに爽やかな笑顔を見せる。

冷血、という言葉が康久の頭に浮かんだが、そもそもキャスリンには血は流れてないんだっけ。

「あのう――余計なお世話かもしれませんけど、結婚式、できますかね？」

ヘッドフォン青年が、遠慮がちに口を挟んだ。ごま塩頭は、一瞬話しかけられたことが分からなかったようで、少し遅れてハッとしたように彼を見る。

　ヘッドフォン青年は気の毒そうに言った。

「この天候ですし、明日いっぱいは交通機関が混乱してるんじゃないでしょうか。結婚式の場所は？」

　ごま塩頭は、お台場にあるホテルの名を挙げた。

「うーん。沿岸部かあ。もしかすると、お昼までに招待客が披露宴に辿り着けないんじゃないですか？」

「あ」

　もっともな意見に、ごま塩頭は頭を抱えて唸り声を上げた。

「ううう、なんとか式だけでも出たい――一週間かけて考えたスピーチをやらせてくれ。頼む」

　みんなが同情の目で彼を見た。

「こういう自然災害の場合って、式場、キャンセル料取られるのかなあ？」

「少しはまけてくれるんじゃないですか。だって、式場スタッフだって来られないでしょうし」

　ぼそぼそと話す声が聞こえる。

結婚式かあ。この天候じゃあ、「お足元が悪い」どころじゃないな。晴れ着を着てお台場に辿り着くのは大変だろう。女の人だったら、早朝から着付けして、美容院にも行かなければならない。

普段海外で仕事をしていて、冠婚葬祭の日程に合わせてやりくりして帰国する大変さを思うと、康久はとても他人事とは思えなかった。

「だけど、俺たちで探し出すったって、ご覧のとおり手詰まりだぜ？」

親父が挑むようにキャスリンを睨みつける。

「どうすればいいんだ？　この人の言うように、もし本当に本人も自分が『スリーパー』だと知らないのなら、見つけようがない。何かもっとヒントないのか？　あるだろ、まだ俺たちに出してない情報。大事な新任支局長のためだろ、あるんならとっとと出してくれよ。俺は高潮でこんなところに籠城《ろうじょう》するなんてまっぴらだ」

みんなが無言でその発言に同意するのが分かった。

いっとき親近感すら抱き始めていたキャスリンに対する視線が、俄に厳しくなっている。

彼女はそのことを感じ取っているのだろうか？

この親父、ずけずけものを言うが、一見感情的なようでいて言っていることは論理的だ。もしかして、あえてやっているのかな。

康久はキャスリンにビシビシとガンを飛ばしている親父を観察した。

と、その時。

きゅるきゅるきゅるるー、と、いささか間の抜けた、情けない音がした。

みんなが音のしたほうに目をやる。

男の子が、びっくりしたように自分を注目している大人たちを見回した。

「すみません」

真っ赤になったのは、母親のほうだった。

男の子のお腹が鳴ったのだ。

空腹のサイン。

「すみません、あのう、この子に何か食べさせてやりたいんですけど、コンビニか何かに行かせていただくわけにはいかないでしょうか？　急いで帰国したもので——その、何も持ってなくて」

母親の顔は、赤くなったり青くなったり、動揺しているのがありありと伝わってくる。

その様子に、みんなが不審を覚えたのは明らかだった。

小さな子を連れて国際線に乗るのだ。普通、母親はお菓子だの飲み物だの、いろいろなものを用意しておくだろう。

着の身着のまま、という言葉が康久の頭に浮かんだ。なんだってまた、そんなに急いで帰国する羽目になったのだろう？

みんなが不審がっているのは、母親もとっくに気付いていた。

彼女は周囲の視線を避けるように目を伏せ、子供を抱き寄せる。

「ねえ、お宅さん、さっきから何をそんなにびくびくしてるわけ？」

とうとう、親父が、誰もが思っていたことを口に出した。みんながハッとして彼を見る。

母親も表情を硬くした。

「びくびくなんかしてません」

そうきっぱり答えたものの、目は泳いでいる。

「なんか、挙動不審なんだよね。まるで何かから逃げてるみたいだし」

親父は容赦せずに続ける。

「ひょっとして、お宅がテロリストなんじゃないの？　取るものも取りあえず急いで帰国したってところも気になるし。子連れだったらまず怪しまれないだろ。無意識に、捜査対象から外すよね」

誰もがびくっとして背筋を伸ばした。

子連れのテロリスト。

母親はみるみるうちに真っ青になり、次に赤くなった。赤くなったのは、怒りのためのようである。

「まさか。違います。でも」

不意に、彼女はごま塩頭を見た。

ごま塩頭は「えっ」という顔になる。

「さっき、あなたは守るものがあったら破壊行為なんてできないとおっしゃいましたけど、逆もあるんじゃないですか」

「逆？」

「はい。守るものがあるから、テロリストにならざるを得ない場合もあるんじゃないでしょうか」

親父が色めきたった。

「おい、今のって告白か？　聞いたか、彼女、今自分がテロリストだって認めたんじゃないのか？」

母親は慌てて否定した。

「だから、違いますってば。私はそんなんじゃありません。今のは、単なる私の意見です」

「ひょっとして」

親父は思い当たったような表情になった。

「そうなのか？　あんた、子供を守るためにテロリストになるのを引き受けたのか？　誰かに子供を盾に脅されてるとか」

その時、母親の顔は誰かに殴られたかのようにぐしゃりと歪んだ。

その表情を見た康久の胸も痛んだほど、その顔は苦痛に満ちていた。

が、彼女はすぐに気を取り直し、表情を繕った。

「違います」

彼女はきっぱりと否定した。

「私はテロリストなんかじゃありません。スリーパーとかいうのでもない。人を傷つける気なんて、毛頭ありません。失礼なこと言わないでください」

母親は顔を背けた。さすがに親父も黙り込む。

気まずい沈黙。

「——分かりました」

唐突に、キャスリンが大きく頷いた。

「え？　何が？」

思わず聞き返す。

「確かに、そろそろお子さんにとっては夕食の時間です」

「あのね、キャスリン、子供だけじゃなく、人間ってのはお腹が減るんだよ」

誰かが突っ込みを入れる。

キャスリンは大真面目に頷いた。

「そのようですね。では、皆さん、夕食を摂《と》りに参りましょう。腹が減っては戦ができません。我々も、『スリーパー』を見つける方法を現在検討中ですので、一休みして改めて考えましょう。エイ、エイ、オー」

これまた、いまいち状況に合っていない掛け声を口にして、キャスリンはすっくと立ち上がった。

「どこに行くの？」

「空港内の食堂です。もう従業員は帰ってしまいましたが、何か食べられるはずです」

みんなのろのろと立ち上がった。

なんだか、久しぶりに立ち上がったので、足がだるいような気がする。

「はーい、では皆さん、はぐれないようについてきてくださいね。急ぎますので」

キャスリンは俄添乗員のように手を挙げ、すたすたと歩き出した。

誰からともなく顔を見合わせ、奇妙なツアー客ご一行は、ぞろぞろとキャスリンの後について歩き出す。

キャスリンが案内してくれたのは、一行がかつて入ってきたドアではなく、さっきスコットが消えた奥の別のドアだった。

ドアの向こうに、薄暗い無機質な長い廊下が続いている。

辺りは静かで、他の人の気配は感じられなかった。本当は、どこかにもっと職員がいるはずなのだが。

俺たちのパスポートはどこに保管してあるのだろう？

康久はそんなことが気になり、つい通り過ぎるドアのひとつひとつに目をやらずにはいられなかった。

暗い通路を進む一行の、いちばん後ろを歩くことになったのは鳥の巣頭の青年——伊丹十時と康久だった。

なんとなく、最初に言葉を交わしただけに、康久は彼に親近感を持っていた。久しぶりに二人きりになって、ホッとする。

「なんだか大変なことになったねえ」

康久は話しかけた。

「本当に」

十時は低く溜息をついた。

「ベンジーはどこにいるんだろう」

「気になるよね」

康久は頷いた。スコットはどういうつもりなのだろう。わざわざ日本の空港にやってきて、本国の追及から逃げ切る勝算があるのだろうか？

「少なくとも君が言ってた、警戒レベルが最高級に引き上げられたというのは本当だったわけだね」

康久が言うと、十時は苦笑した。

「まさか自分がテロリストの疑いを掛けられるとは思いませんでしたけど」

ふと、康久は、初めて彼に会った時の疑問を思い出した。

「そういえば、あのサイレンを知ってたみたいなのはどうして？　今も言いたくないのかな？」

十時はつかのまためらったが、やがて口を開いた。

「僕、勘はいいほうなんです」

「つまり？」

「ワンセグや地上デジタル放送って、本当のリアルタイムの中継じゃないのはご存じですよね？　ほんの少しだけタイムラグがある」

「うん、知ってる」

「放送事故を避けるために余裕を持たせているとも言われていますが、さっきのサイレンも、実はリアルタイムじゃない。警備員やスタッフには、少しだけ早く告知されています」

「じゃあ、君は」

「はい、僕は、あの時警備員がほんの少し早く反応したことに気付いてました。実は、先日ヒースローでも似たようなことがありましてね。結局、大事には到らなかったんですが、スタッフの反応が全く同じで」

「そうだったのか」

彼が自分でそう言うのだから、相当に感覚が鋭敏なのだろう。

「テロリスト、ねえ。本当にこの中にいるのかなあ。何かの間違いってことはないんだろうか」

「それより」

十時はふと思いついたように康久の耳元に顔を近付けた。

「あなたは、キャスリンをどう思います？」

「キャスリンを？」

　質問の意味がよく分からなかったが、康久は素直に答えた。

「いや、よくできてるよね。こんなことさえなけりゃ、ずっとキャスリンの存在を知らなかったわけだし、正直、ここから出たら夢だったんじゃないかって思いそうだよ」

　十時は深く頷いた。

「ええ、よくできてます。見た目はほぼ人間そっくりと言ってもいいでしょう。僕が驚いたのは、キャスリンがある種の雰囲気というか、人間っぽい存在感まで出していたことです。あれはいったいどうやっているのか、作った本人に聞きたい」

「それは、僕も思ったよ。キャスリンには性格がある。個性がある。あれは、意図して出したものなのかなあ。プログラム？　それとも彼女が存在するうちに、後天的に獲得したものなのか知りたいな」

「僕が疑問に思うのは」

　十時は声を潜めた。

「彼女、アバターじゃないかなあ」

「アバター？」

　康久は思わず聞き返した。

「自律性ロボットじゃないってこと？」

「いや、そうじゃありません」

十時は軽く首を振った。

『アバター』という言葉は、今世紀のはじめに世界的にヒットした映画で広まったものだ。狭義では、現実の世界の人間の、仮想世界での分身という意味に使われる。

今十時が言ったのは、どこか別室で誰か現実の人間が、キャスリンを分身として使っているという意味だろう。

遠隔操作で、誰かがキャスリンを通して喋っているのであれば、キャスリンはヒューマノイドとは呼べないし、お世辞にも人工知能を持ったロボットとは言えない。

そうと知ったら、あのヘッドフォン青年はさぞかしがっかりするだろうな。

「ほとんどのところは自律性ロボットだと思うんです」

十時は考えながら言った。

「自律性」は自分で考え、判断して行動することを指す。

「ただ、時々、誰かが彼女に代わって喋っているような気がする。何か重大な判断、微妙な判断を要することを言わなければならない時だけ、誰かが介入してるような気がするんです」

「言ってることは分かるような気がするな」

康久はキャスリンの言動を思い浮かべる。

「彼女、長考する時があるじゃない？　あれって、誰かに指示を仰いでるんじゃないかって気がするね」

「そう、それは僕も感じてました」

十時は同意する。

「人工知能が考える時間にしては、不自然に長い。彼女の演算機能はものすごく高性能なはずです。なのに、我々が不自然に感じるほど間を置くっていうのは、誰か他のところで人間が考えてるんじゃないかって思う」

「ま、キャスリンは、我々人間と話すことを念頭に置いてるわけだから、間を置いたり沈黙したりするという行為は学んでるはずだけどね。すべてにおいて即座に答えていたら、人間との会話は成立しないし、すぐに人間らしくないと疑われてしまう」

「それはそうですね」

十時は小さく笑った。

「でも、キャスリンを通して、僕らの会話や動画がすべて記録されてるのは、まず間違いないだろうね」

康久は声を低めた。

「いったいどのくらいまで声を拾えるのかな。こうして今喋ってる内容まで記録されてたら怖いなあ」

「分かりませんよ。彼女の嗅覚は、ごく少量でも火薬を検出できるみたいだし、他にも僕らの知らない機能がいろいろあるのかもしれない」

二人は、ずっと前を歩いているキャスリンの後ろ姿を見た。ざっと見て十メートルほど離れているから、よもやこの会話が聞こえているとは思えないのだが。

「僕が気になったのは、最初にキャスリンが言った言葉です。覚えてますか?」

十時は康久をちらっと見た。

「最初?」

康久は記憶を探る。彼女が人間でないと知った時の恐怖ばかりが蘇ってきて、彼女の発言まで思い出せない。

「分からないな。なんて言ったっけ?」

康久が尋ねると、十時はキャスリンの背中を見つめたまま答えた。

「彼女はこう言いました。『はい。私は人間ではありませんが、キャスリンです』」

そうか。確かに、そう言ったっけ。

「僕は、あの台詞を聞いた時に、違和感を覚えたんです」

「どこに？」

十時は康久に目をやった。

「あの台詞、おかしくありませんか？」

康久はつかのま考えたが、首をかしげた。

「どこかおかしいかな？」

「僕、もし、キャスリンが完全に自律性のロボットだったら、きっとこう言ったと思うんです」

十時は声を潜めた。

「『はい。私は人間ではありません。キャスリンです』」

ほぼ同じ文章だ。たった一字を除いて。

「──『が』が抜けてる」

「そうです」

十時は小さく頷いた。

「どうして、あの時、彼女は『が』を付けたんでしょう」

私は人間ではありませんが、キャスリンです。

私は人間ではありません。キャスリンです。

聞き流してしまっていた。大して違いはないように思えるのだが。

康久の表情を見て、十時は説明を始めた。

「彼女にとって、自分が人間ではなくロボットであるというのは自明の理ですよね。それは、いわば彼女のアイデンティティーである。彼女から見れば、自分が人間ではないという事実には、なんの意味もない。生まれた時から彼女はロボットだった。最初からそうだったんだから、その事実について、何らかのバイアスが掛かる余地は全くない」

そうか、あの時の「が」が意味するところというのは——

なんとなく、十時が何を言いたいのか分かってきた。

「なるほど、彼女は、あそこで『が』を付ける必要は全くないわけだ」

「はい」

十時は大きく頷いた。

「この子、人間じゃないわ、と言われた時に、彼女が自律したロボットであれば、その言葉に対して何も負の感情を抱かないはずです。だって、事実を述べただけなんですから。はい、その通りです。私は人間じゃありません。ただそう肯定すればいい」

「だけど、あの時、キャスリンはそうは思わなかった」

康久は後を続けた。

「彼女は――というよりも、あの時喋った誰かは、自分が人間ではないと指摘されたことに負の感情を抱いた。いや、もっと正確に言うと、みんながキャスリンを人間だと思い込んでいたこと、人間だとみんなを騙していたことに遺憾《いかん》の念を抱いた」

皆さんは私を人間だと思っていたかもしれませんが――私の見かけは人間そっくりかもしれませんが――私は人間のふりをして活動していますが――

あの時の「が」のあとに省略されていた、無数の弁明。

「あの『が』には、みんなの思い込み、いや期待と言ってもいいのかな、そういったものに応えられない遺憾の意味が込められてたわけだね」

「はい。僕もどこかでそう感じていたんだと思います。それが違和感になった」

康久は、内心驚嘆していた。

キャスリンの最初の台詞を覚えていたばかりか、そこに違和感を覚え、その理由まで考えていたなんて。やはりこの青年、ただ者ではない。

「うん。待てよ」

康久は、ふと思い当たったことがあったので、思わず足を止めた。

「じゃあ、キャスリンは、嘘はつかないということだね」

「きっとそうでしょうね」

十時はあっさりと頷いた。

「そもそも、ちゃんとした取調官や交渉人は決して嘘はつかないものです。正直さが解決への近道だと分かっている。ただ、聞かれないことに答える必要はない。キャスリンはその原則をきっちり守ってますね」

「だから君は、いろいろと質問をしているわけだ」

「はい。彼女が答えていることはすべて事実でしょうし、どの質問に答えられないのか分かるだけでも価値がある」

「どんな奴なんだろうな」

「誰が？」

「キャスリンに介入してる、キャスリンを通してモニターしてる奴だよ」

十時はちょっと考えてから答えた。

「きっとチームでしょうが、直接介入してるのは一人でしょうね。なんとなく、結構若い人のような気がします」

若い人。

康久は、ふっとその人物のシルエットを見たような気がした。

その人物は、今もキャスリンの向こう側でこちらの出方を窺っているのだ。

それにしても、単純なことだが、キャスリンは嘘をつかないというのは、当然といえば当然なのに、新鮮な発見だった。

よく考えてみれば、嘘をつくというのはものすごく高度な技術である。虚偽を言ったことを自覚しつつ、のちのちまで辻褄《つじつま》を合わせなければならないのだから。

「――結局、アシモフのロボット三原則っていうのは実現してるのかな？」

康久が呟くと、十時はすぐにその意味するところを悟ったらしい。

「こうして、キャスリンみたいなヒューマノイドが登場してきたということは、いよいよ出番なんじゃないでしょうか。キャスリンを見ている限りでは、だいたい三原則に沿ってるみたいですよね」

ロボット三原則というのは、二十世紀半ば、アメリカのSF作家のアイザック・アシモフが自分の書く小説の世界で、ロボットに適用される基本として提唱したものだ。
一、ロボットは人間に危害を加えてはならない。
二、ロボットは人間に危害を加えない限り、命令に服従しなければならない。
三、ロボットは一と二に抵触しない限り、自分の身を守らなければならない。
こういう三原則だったと記憶している。

「アシモフのロボット小説の中で、『うそつき』っていう短編があったよね」

康久は記憶を辿った。

十時は即座に頷いた。

「はい、覚えてます。三原則一の、『危害を加える』というのをどう解釈するかっていう話ですよね」

ある女性科学者が思いを寄せている男性がいて、それを察したロボットが、「彼もあなたを好きですよ」と彼女を喜ばせ、それを裏付けるような話をしてみせる。

しかし、それは事実ではなかった。本当のことを言うと彼女が著しく傷つくと予想して、ロボットは偽りを言っていたのである。

「あれは、人間が精神的に『傷つく』ことも『危害を加える』ことと解釈して、嘘をつくんだったね」

「最後は、ジレンマに陥っちゃうわけですけど」

小説のラストシーンでは、女性科学者はロボットを非難する。事実を告げても告げなくても、どちらにしろあなたは私を傷つける――危害を加えることになるのだと指摘するのだ。それは、ロボット三原則に抵触することになる。ロボットはパニックになってしまい、壊れてしまう。

「今にして思えば、あのロボットは、相当に高度で繊細な、まさに空気を読めるロボットだねえ。それに比べて、キャスリンの辞書には『傷つく』という単語は載ってなさそうだ」

康久がキャスリンの背中に目をやると、十時はくすっと笑った。

「確かに」

あのあっけらかんとした、時に非情とも思える態度。

「それこそが『向こう側』の狙いでしょう。キャスリンに遠慮や苦悩がないからこそ、今の状況に対処できると判断して我々にぶつけてきたわけですから」

心理的な危害まで念頭に置いていたら、とてもじゃないがこんなふうに複数の人間から事情を聴取することなどできないだろう。

「キャスリンはどのくらいまで解決の道のりを『読んで』いるんだろうな」

「どうでしょう。チェスや将棋みたいにあらゆるパターンの確率を計算してるんでしょうけど、こればっかりは不完全情報ゲームですから」

「不完全情報ゲーム？」

聞き慣れない言葉に、康久は聞き返す。

「はい。チェスや将棋みたいに、盤上ですべてのデータが見られるゲームを完全情報ゲームって呼ぶんです。ポーカーのように、手札が見えなくて、分からないデータがあるゲームが不完全情報ゲームです。今の我々には、すべてのデータは提示されていません。向こうの手札はまだ見えない。ちょっとずつ札が見えてきたところです。ただ、切り札を持っているのが向こうなのかこっちなのかは分かりませんけどね」

現実の世界で、完全情報ゲームなど有り得ない。誰が札を持っているのか、果たして自分が誰と何のゲームをしているのかも分からないのだ。しかも、ゲームには終わりがあり、勝ち負けがあるが、現実には勝負がついたかどうか分からないことがほとんどだ。

今日が終わる頃にはいったいどうなっているのだろう。

康久は眩暈にも似た感覚に襲われた。

もしかして、明日を迎える頃には全く違った世界になっているのではないか——

そんな考えが一瞬頭を過った。

キャスリンが曲がった廊下の先のドアを開けるのが見えた。その向こうに開けた空間が見える。

不意に、わっと駆け出して逃げ出したい衝動に駆られた。久しぶりに帰国したのに、身に覚えのない容疑で足止めされ、無機質な空間にずっと閉じ込められていることが耐え難く感じられたのだ。

たぶん、他のみんなも同じように感じたのだろう。

キャスリンに続く人々が、なんとなく早足になるのを感じた。

十時と康久も、置いていかれまいと早足でドアの向こうへと出ていく。

確かにそこはそれまでいたところに比べれば遥かに開けてはいたが、解放感を期待していた康久たちにとっては、気抜けする空間だった。

空港の、フードコート。

二十四時間空港のフードコートなのだから、いつもなら大勢のお客で賑わっている頃だろう。

しかし、既に空港が閉鎖されているため、それぞれの店舗のシャッターは下り、土産物屋の店頭の商品には布が掛けられている。

人影もなく、照明も落とされ、がらんとした薄暗い空間は、むしろ閉塞感すら漂っていて、余計陰鬱《いんうつ》な気持ちにさせられるだけだった。

キャスリンが向かったのは、フードコートの真ん中にある空港直営の食堂だった。

大きな窓があるが、外は真っ暗で何も見えない。ただ、ものすごい風が吹いていることは確かである。

康久は窓の向こうに目を凝らしたが、やはり何も見えない。恐ろしげに荒れ狂う風の音がするが、窓ガラスにはかなりの防音効果があると見え、それもじっと耳を澄まさないと分からなかった。

「皆さん、何かが飛んでくると危険ですので、なるべく窓のほうには近寄らないようにしてください」

キャスリンが声を掛け、食堂の席の明かりを点《つ》け、厨房《ちゅうぼう》の明かりを点けた。

確かにパッと明るくはなったが、広い食堂の一部だけが照らされていると、ますます周囲の暗さが迫ってくるように思え、自分たちが閉鎖された空港に取り残されているのだと実感させられてしまう。

みんなは俯き加減に、明るくなった席に集まってきた。

「メニューを見て、お好きなものを選んでください」

厨房の中からキャスリンの声が響く。

「ひょっとして、キャスリンが料理してくれるの？」

ガラガラ声の女が叫んだ。

「はい。簡単なものならできると思います」

「手伝おうか？」

「大丈夫です。どうぞおかけになってメニューをご検討ください」

「——ま、ほとんどが冷凍食品だろうから、チンするだけだろう」

親父が呟いた。

「帰してくれるとは思うが、この中にいたとして、もうばっちり犯人の顔も覚えちまってるわけだろ。当局が情報漏れを心配するんなら、何をされるか分からないぜ」

不安そうな表情がテーブルを囲む。

本当にここから帰れるのか。

が、ガラガラ声の女がさばさばした声で励ますように言った。

「どのみち、パスポートを人質に取られてるわけだし、あたしたちがどこの誰かはとっくにバレちゃってる。今ここでそんなことを心配してもしょうがないんじゃないのかな？」

「それもそうだが」

親父は渋々認めた。

「皆さま、お待たせいたしましたー、キッチンの準備が整いましたので、ご注文をどうぞー」

キャスリンのはきはきした声が飛んできて、みんなが顔を上げる。

「和風タラコスパゲティ」

「あたしも」

「カレーライス」

「あ、僕もカレーライス」

「海鮮ドリア」

「親子丼」

「照り焼きチキンサンド」

「それ、もうひとつ」

「きつねうどん」

次々と注文の声が上がる。

「へい、まいど。よろこんでっ」

キャスリンが声を張り上げた。

みんなが呆然とキャスリンを見る。

「——あいつの語彙《ごい》は、いったいどこから仕入れてるんだろうな」

「時々、ヘンな言葉喋りますよね。昔の流行語とか」

「絶対、彼女、居酒屋でバイトしたことありますね」

「最初にあいつに単語をインプットした奴って、実はかなり歳喰ってるのかもしれないな」

ぼそぼそと囁く声がする。

「皆さん、飲み物はセルフサービスでお願いしますね。お水とお茶はそこにあります。ジュース類はそこの冷蔵庫から出してもらって構いません」

キャスリンが厨房の中から叫び、カウンターに置いてあるポットを指さした。

「了解」

みんなが立ち上がり、三々五々移動していくと、カウンターのところで列を作った。

ポットからコップに水を注ぐ者、カウンターの脇の、ガラスケースになった冷蔵庫からジュースを取り出す者。

「ボク、なんにする？」

中年女が冷蔵庫の前で、あの少年に向かって身体をかがめて話しかけた。

「コーラ」

女は冷蔵庫の上の栓抜きを取ると、中から取り出したコーラの壜《びん》の栓を抜いた。

少年も壜に触れる。

「あ、待ってね、コップに入れて飲みましょうね」

女はニッコリ笑って少年の肩を押さえて制止すると、カウンターの上に伏せてあるコップに手を伸ばした。

少年が突然背筋を伸ばし、目を丸くした。

「どうしたの？」

その表情を見て、中年女が不思議そうに尋ねる。

「おカネ」

少年がぽつんと叫ぶ。

康久は振り向いた。

お金？　コーラ代のことか？

「え？」

中年女は面喰らう。

「すごい。おカネの本だ」

少年は目を丸くしたまま叫んだ。

中年女はぎょっとした顔で、棒立ちになる。

お金の本？

みんなが少年に注目する。

「お札がいっぱい」

少年は興奮した声で続ける。

中年女はみるみるうちに真っ青になり、信じられないという顔で少年を見つめる。

「聖斗《きよと》？」

母親が二人の様子に気付いた。

が、少年は無邪気である。目をきらきらさせて、女の顔を見上げた。

「その本、僕、ほしい」

女は絶句していたが、「ぐっ」というようなくぐもった音を喉の奥で出し、バランスを崩したようによろりと後ずさった。

手に持っていた壜が揺れて、中からコーラが少しだけ飛び出し、床にぴしゃりと落ちる。

「その本、いっぱいある？」

少年が首をかしげた。

女は口をぱくぱくさせ、コーラの壜をカウンターに置くと、少年のところに駆け寄ってきた母親を睨みつけた。

「な――あなたたち――あなたたち、なんなの？　いったいどこで見たの？」

「は？」

母親が足を止め、女を見る。

若い母親と中年女、どちらも混乱していたが、母親は困惑、中年女は怒りが勝っているように見えた。ましてや、他の者には何が何やら全く話が見えてこない。

「誰に頼まれたの？」

中年女の顔は赤くなっていた。その詰問調の声には、憤怒《ふんぬ》がこもっている。

「誰にって――」

若い母親は口ごもる。

「どこから尾《つ》けてきたのよ？　信じられないわ、子供なんか使って――」

中年女は、話しているうちにますます激昂《げっこう》してきたらしく、拳《こぶし》を握りしめた。

母親はおろおろする。なぜ女が怒っているのか全く理解できない様子だ。

「尾けるって、なんのことですか？　私たち、初対面ですよね？」

彼女は子供を引き寄せつつ怯えた顔で呟いた。しかし、中年女は聞く耳を持たない。

「シンガポールまでついてきたのね？　ううん、違う、シンガポールからついてきたんだわ」

わなわなと拳が震えていた。

「やっぱり、この二人、犯罪者よ。子供連れなのを隠れ蓑《みの》にして、何か陰でこそこそやってるわ。あなた、いったいどこの回し者なの？」

恐ろしい形相で親子を睨みつけていたが、ふと何かを思いついた表情になった。

赤みを帯びていた顔からみるみるうちに血の気が引いていく。

「まさか、麴町《こうじまち》ぜ――」

言いかけて、急に口をつぐむ。

「嘘ですよ、そんなの」

視線が泳いでいて、傍目《はため》にも滑稽なほどの狼狽ぶりである。

「そう思いますよね。僕もそう思ってました。でも、僕もさっき、彼にぶつかった時、彼、見たらしいんですよ。僕が娘のことを考えてたのを」

みんなが無言で少年を見た。

少年はようやく自分がまずいことをしたと気付いたらしく、身体を縮めて母親にしがみつく。

「まさか」

女は凍りついたように絶句した。

「あなた、彼に触れた時、彼が言ったようなことを、思い浮かべてませんでした？」

サングラス男が穏やかに念を押す。

「え。そんな。さっき、私」

女は考えていたが、何かに思い当たったらしく大きく目を見開いた。

「私」

口を押さえて震え出す。

「思い浮かべてたんですね？　さっき彼が口にしたようなことを」

サングラス男が畳み掛けると、女は否定なのか肯定なのか、パニックに陥ったように左右にぶんぶんと首を振っている。

イメージが見える？

いきなりそう言われても、どう受け止めていいのか分からない。

しかし、康久は、確かに女が少年の肩を押さえているのを見たし、その瞬間に少年が背筋を伸ばし、奇妙なことを言い始めたところを見ていた。彼が芝居をしているという可能性もあるだろうが、あれが演技だとしたら超天才子役だ。それに、こんなところで、こんな状況で、芝居をしなければならない理由が思いつけない。

みんなも似たようなことを考えているのだろう。ぼんやりした目で誰かが「冗談だよ」と言い出すのを待っている表情である。

キャスリンの反応は？

康久はそっと厨房に目をやったが、姿は見えない。どうやら大車輪で注文された料理を作っているらしく、厨房内で動き回る気配だけが伝わってくる。

「——今の話、本当なのか？」

そう呟いたのは皮肉屋の親父だった。

「まさか。そんなこと、あるわけないじゃないですか」

女は怯えた目で、自分を見る人々をゆっくりと見回す。

「まさか」

女は力なく首を振る。

「とんでもないわ、テロなんて、そんな」

いつのまにか、祈るように指が組み合わされていた。

「子連れの親子も目立たないけど、あんたも目立たないよな」

親父は辛辣《しんらつ》な口調で続けた。

「どこから見ても、ちょっといいところの、何不自由ない奥様だ。まさかテロリストだなんて、誰も思うまい。どこの国の空港でも、あっさり通してもらえる。実はあんたがテロリストなんじゃないか？」

恐ろしい沈黙が降りた。

テロリスト。その言葉は、今の彼らにとって、何よりも重くのしかかってくる呪いだった。

「あんた、さっき、言ったよな？　この中にいるというテロリストの方、早く名乗り出て私たちを帰らせてくださいって。あんたこそ、それを実行したらどうだ。あんたが自分をテロリストだと認めれば、高潮が来る前にとっととここを出られるぞ」

「私はテロリストじゃありません」

女は更に弱々しい声で呟いた。

「じゃあ、なんだ、そのカネは」

「だから、それは、個人的なもので」

押し問答になりかけた時、冷静な声が割って入った。

「――すみません、ちょっといいですか」

二人が振り返る。

鳥の巣頭の青年。十時である。

「なんだ？　聞いてただろ、こいつ、テロリストだぞ」

親父は邪魔されたことが苛立たしかったらしく、ぶっきらぼうに言った。

十時は手にしたペリエの壜からひと口水を飲んだ。

「彼女がテロリストかどうかは分かりませんが、そのおカネはテロとは関係ないと思いますよ」

「え？」

親父のみならず、中年女も目をぱちくりさせる。

「なんでそんなことが分かる？」

「さっき、あなたが言いかけた言葉」

親父の質問を無視して、十時は女に話しかけた。

「あれは、なんでしたか？」

「なんのこと」

女はのろのろと答える。十時は続けた。

「あなた、さっき『いったいどこの回し者なの？』と聞いて、自分で答えを言いかけて、すぐにやめましたね。本当は、こう言いたかったんじゃないですか。麹町税務署、ってね」

今度こそ、女は強いショックを受けたとみえ、完全に絶句してしまった。つまり、図星だったらしい。

「麹町税務署？」

みんなが十時の顔を不思議そうに見る。

「これは、あくまでも僕の想像です。なんの根拠も、証拠もない。そのつもりで聞いてください」

十時はもうひと口、ペリエを飲んだ。

「ずいぶん前のことです。いっとき、現金を持ち出して、海外で預金するのが流行ったんです。当時、百万以上の現金を日本から持ち出す場合、申告の義務はありましたが、事実上はノーチェックに近かった」

現金。最近あまりお目に掛かっていないような気がする。

「日本はずーっと長いこと低金利でしたからねえ。日本国債や円そのものに不安を抱いた人も多かった。だから、預金の利率がいい海外に資産を移したわけです。富裕層はもちろん、サラリーマンやOLまで、週末ごとにバッグに現金を詰め込んで、海外で預金口座を開いていた。それを見込んで、日本人が海外に持ち出す現金を狙った窃盗団まで現れたくらいです」

女は黙り込んだまま、じっと足元に目をやっている。

「今は、どこの国も、海外に持ち出す現金に対するチェックが厳しくなりました。手荷物の中の現金まで数えるようになった。どこの国も税収には神経を尖《とが》らせてますから、情報交換も盛んで、海外の資産にもあまねく課税されてます。だから、そんなことをする人はほとんどいなくなりました」

みんながチラチラと女を見る。

「でも、こういう古典的な方法が、実はまだ有効だったりする。まさか今どき、現金の海外持ち出しなんてしないだろうという認識が、当局にも庶民のあいだにもあるからです」

資産持ち出し。

思ってもみない話題だった。

「本当に、あくまでも僕の想像ですよ」

十時はもう一度断った。

「きっと、日銭の入る商売なんでしょうねえ——現金でやりとりする習慣が残っている商売をされているんでしょう。そこで、日々帳簿に載らない現金が少しずつ貯まる。それを、相続税が高い国内ではなく、シンガポールに持っていって、息子の金として息子の口座に貯蓄する。息子夫婦と孫がいるから、年に数回行き来するのも決して不自然じゃありませんしね」

十時はカウンターに置いてある、金属のケースから紙ナプキンを一枚取った。

「現金。すなわち、紙です」

十時は紙ナプキンをひらひらと振ってから口元を拭う。

「現金の束に、表紙をつけて、新書やペーパーバックに見せかける。使い古しの現金のごわごわした感じは、ペーパーバックのほうが似ているかもしれませんね。本物のペーパーバックや新書本と一緒にして、三、四冊手荷物に突っ込んでおいても、それと気付く人はまずいないでしょう。ペーパーバックが三冊もあれば、軽く四百万くらいは運べます。それが年に数回もあれば、結構な額になりますね。相続税や資産税のない国なら、本当に馬鹿にならない金額だ」

「――持ち出しだったのか」

親父が呟いた。

「さっき、あなたは『私のおカネじゃないわ』とおっしゃっていた」

十時は続ける。

「確かに、口座の名義は息子さんでしょうし、息子さんのおカネということでしょうね。ペーパーバックは現地で解体してお役御免。あなたは、必ずしも毎回息子さんの家に行くわけではないのでしょう。シンガポールに行っても、滞在費を浮かすためにとんぼ返りという時もあるのではありませんか？　僕が思うに、今回、あなたはペーパーバックをホテルとかカフェテリアとか、どこか、不特定多数の人がいる場所で解体したのではありませんか？　だから、その子に解体するところを見られたと思い込んだ」

母親の後ろに隠れている少年にちらりと目をやると、少年はさっと顔を隠した。

「それで、二人がシンガポールからついてきたと言ったんでしょう。日本から現金を持ち出してさえしまえば、戻ってくる時には手ぶらで、何も疚しいことはない。だから、あなたはずいぶんと強気でしたよね」

恐らく、ことごとく言い当てられたのだろう。女はぐうの音も出ないらしく、呆然と足元を見つめたままだ。いつしか組んでいた指も外れて、だらりと両手を投げ出している。

康久は、なんとなく彼女が気の毒になってきてしまった。

「あの、ほんとにあくまでも僕の勝手な想像ですからね。証拠も何もありませんので、聞き流してください」

十時も、女の悄然とした様子に気付いたのか、慌ててもう一度念を押した。

なんとも気まずい沈黙が辺りを覆う。

顔を合わせないようにして、みんなが飲み物を手に席に戻った。

が、ちらちらと誰もが無意識のうちに目をやっているのは、あの少年である。

少年はおとなしくコーラを飲んでいた。母親は、硬い表情でじっとテーブルの一点を見つめている。

触れた相手がその時にイメージしているものが見える。

本当に、そんな能力があるのだろうか。

たった今、それが事実であると裏付けられるような話を聞いたばかりなのだが、こうしてみると、やはり何かの冗談だったのではないかという考えばかりが浮かんでくる。

しかし、あれが手の込んだ芝居だという可能性はどのくらいあるだろうか？

もしさっきのが芝居だとすると、前もって打ち合わせをしていたということになる。込み入った設定だし、誰かの書いたシナリオがあったということだ。だが、どうみても、今ここに居合わせているメンバーは今日が初対面である。

しかも、わざわざ超能力の存在を匂わせるような、荒唐無稽《こうとうむけい》ともいえる芝居をしなければならない必然性など、とてもじゃないが思いつけない。

あの女性のショックを受けた表情は本物だ。脱税していることが暴露されてしまったのだから当然だが、絶対に隠しておきたいであろう事実を言い当てられたのだから、やはり彼の能力は本物ということになる。

もし彼の能力が本物だとしたら。

そういえば、さっき彼はキャスリンと指切りをした時に、何か妙なことを言ったような気がする。あの時、キャスリンに触れた彼は何かを見たのだ。なんて言ったんだっけ？

康久は記憶を辿ってみたが、少年のきょとんとした顔ばかり浮かんで、なんと言ったのかは思い出せなかった。

待てよ、そもそも、キャスリンは人間のように何かをイメージすることができるんだろうか？

康久は、根源的な疑問に突き当たったような気がした。

人間が脳内に思い浮かべている映像。

我々は当たり前にその存在を認めているが、もちろん他人が考えている映像を見ることはできない。

キャスリンの中にあるのは、集積回路だけ。

集積回路は、何かを「想像する」ことはできない。ひたすら計算し、検索するだけだ。

ならば、あの少年はキャスリンと触れた時にいったい何を見たのか？　いや、いったいどんなものを見ることができるのか？

「ねえ、きみ」

康久は思わず少年に話しかけた。

先に反応したのは母親だった。

パッと顔を上げ、怯えた目で康久を見る。

つづいて、少年がこちらを向いた。

康久は少年のほうに身を乗り出した。

「ねえ、さっき、ぼくたちみんな、キャスリンと指切りげんまんしたよね。あの時、ひょっとして、きみ、何か見えたんじゃない？」

少年は質問の意味を理解するのに少し時間が掛かったが、やがてこくんと頷いた。

が、そこに母親が慌てて割って入る。

「あの、すみません」

母親は康久を睨みつけた。

「へんなこと聞かないでください。まさか、さっきの話を本気にしてるわけじゃないですよね?」

少年を背中に隠すようにして、かなり必死な様子である。

「この子、とても空想好きなんです。いつも突飛なことを考えていて、それを口にしてしまう癖があって、みんなに不思議がられるんですけど、みんなこの子の空想です。全部でたらめなんです」

「でたらめ——なんですか。さっきのおカネの本というのも? このくらいの歳の子が空想で思いつくような話とは思えないんですけど」

康久は首をかしげた。

この母親にとっては、息子の特殊能力は認めがたいものらしい。

「でたらめですよ」

母親はきっぱり否定し、今度は息子を睨みつけた。

「聖斗、答えちゃダメよ。ママ、いつも言ってるでしょう。思いつきをそのまま口に出しちゃいけないって」

その口ぶりは、本当に普段そう言っているものらしく、少年はちょっとうんざりした表情になった。

　しかし、母親はやめない。

「ほらね、また誤解されちゃったでしょう。聖斗が思ったことを口にすると、みんなが混乱して、うんと迷惑を掛けるの。こんなことになっちゃったのも――」

　言いかけて、彼女はハッとした顔になり、唐突に口をつぐんだ。

「とにかく、もうしませんって約束したじゃないの。覚えてるよね」

　少年はしょんぼりして、ちらっと康久を見たが、目を伏せて黙り込んでしまった。

　こんなことになっちゃったのも。

　どういう意味だろう？

　康久は母親が省略した部分が気になった。

　こんなことというのは、どんなことだ？　こうして空港に足止めされていることか？　テロリストの可能性を疑われていること？

　それとも――

　少年は、顔を背けてちびちびコーラを飲み始めた。

　やれやれ、これじゃあ、何も教えてくれないな。

　康久は彼に質問するのをあきらめ、身体を引っ込めた。

彼の能力が本物かどうかはともかく、キャスリンと触れた時に何を見たのか、純粋に興味があったのだが。

「あ、そうだ」

急にガラガラ声の女が叫んだので、みんなが彼女に注目した。

「あの犬にも、何か食べるもの持ってかなきゃね。何がいいかしら。ご飯？」

あのコーギー犬。

「そんなの、俺たちが心配することないだろう。入管に任せておきゃいいさ」

親父があきれた顔で言う。

「でも、台風対策で犬の餌まで手が回らないんじゃない？　なんか持ってってあげようよ」

「でも、空港って犬飼ってるじゃないか。麻薬犬とかさ。きっとどこかに犬の餌、あるんじゃやないのか」

「空港が閉鎖されたら、ハンドラー（警察犬などの調教者）も引き揚げちゃってるでしょう」

女は立ち上がり、厨房のほうに向かって歩いていった。犬の餌になりそうなものを探しに行ったのだろう。

「まったく、ご親切なことで」

親父は皮肉った。

その時、ごおおっ、という、くぐもった——それでいて不気味で暴力的な凄まじい音が響き渡って、かすかに建物全体がみしっと揺れたような気がした。

みんなが反射的に窓のほうに目をやる。

そこは漆黒の闇。

天井まで続く大きな窓は真っ暗で、その向こうには何も見えない。

が、窓の奥のほうがぼんやりと明るく、誰かがいると思ったら、窓を見ている自分たちの姿が小さく映っているのだった。

広い食堂の一部だけが照らし出され、そのわずかな光の中に肩を寄せ合っているその姿は、なんとも弱々しく、なんともちっぽけである。

窓の向こうでは、荒れ狂う風と断続的な雨が世界を支配しているのだ。すっぽりと日本列島を覆ってしまうほどの、信じがたいほど巨大な台風が。

「なんだか」

ヘッドフォン青年が、ぽつんと呟いた。

「まるで、この世に僕たちだけみたいな気がしますね」

誰もが似たような感想を抱いていたに違いない。

思わず青年の顔を見るが、どうやら冗談を言っているわけではないらしい。

「本当に？　どうやるの？」

康久もつられてひそひそ声になる。

「あの子ですよ」

青年は、のろのろとコーラを飲んでいる少年をちらっと見た。

「あの子？」

意味が分からない。青年は、そっと康久のほうに顔を寄せて囁いた。

「あの子に、僕たちみんなに触ってもらうんです」

「ええっ？」

青年が思いもよらぬことを言い出したので、康久はあっけにとられた。

「あの子には、触れた相手が考えていることが映像で見えるわけですよね？」

青年は、さらりと当たり前のことのように言った。

「それが本当であるという前提で、考えてみます」

トレイを持ったまま、二人は足を止めてしまっていた。

他のみんなは席に着き、自分の夕食を食べ始めている。

青年は続けた。

「この中に本当にテロリストがいて、それを隠している人間がいるのなら、今この瞬間も絶対にテロのことを考えているはずですよね」

この中に。

黙々と食事をしている人々。

「だから、テロについて考えてください、と言ってからあの子に一人一人触ってもらう。人間、考えちゃいけないと思えば思うほど、ますます考えてしまう」

「なるほど、それで何を連想するかをあの子に読み取ってもらうっていうこと？」

「そうです」

二人はそっと少年を見た。

照り焼きチキンサンドを無言でつまむ親子。

母親は息子の能力を頑なに否定していた。

康久は、ゆっくりと左右に首を振る。

「面白い発想だけど、あのお母さんがそんなこと許してくれないだろうなあ」

「説得できませんかね」

青年は不満そうだ。

「それに」

康久は青年の顔を見た。

「そううまくいくかなあ。犯人が都合よく、爆弾をセットするところとか、はっきりそれらしい情景を思い浮かべてくれればいいけど、そうとは限らないだろう。思い浮かべたものの意味を必ずしも説明できるとは思えない。第一、今の僕もそうだけど、テロについて考えてください、なんて言われたら、誰だって映画やTVで見た場面を思い出しちゃうよ。それをあの子が見たら、僕はテロリストってことになるわけ？」

青年は唸った。

「うーん。そうか――うん、そうですね。確かに、今、僕も、これまで映像で見てきたテロのシーンを想像しちゃいました」

「だろ？　そしたら、たぶんここにいる全員、テロリストだってことになっちゃうよ」

ヘッドフォン青年はがっくりと頷いた。

「せっかく特殊能力があるんだったら、活用できるかなって。いい思いつきだと思ったんだけどなあ。すみません、忘れてください」

「了解」

二人は席に戻り、カレーライスを食べ始めた。出来合いのものを温めただけだと分かっていても、なかなかおいしい。これぞ日本の味、日本の国民食だ。

食べ始めると、実は自分が空腹だったことに気付かされる。スプーンを動かす手が止まらない。

夢中になってものを食べる音だけが辺りに響く。

ラマダン明けみたいだな。

康久はそんなことを思った。

ムスリムは、断食月のあいだ、昼間は全く何も口にしないので（人によっては、唾も飲み込まない）、夜の食事の時間をみんな今か今かと待っている。夜の祈りが終わると、一斉に食事が始まる。だから、その瞬間、国じゅうで誰もがスープを飲んでいる。人の声が消え、街がしんと静まり返るのだ。

その瞬間、誰もが何かを口に詰め込んでいるのだと思うと、滑稽なようでもあり、愛《いと》おしいようでもある。

子供の頃は、どうして人は、毎日三回もご飯を食べなきゃ生きていけないんだろう、なんて面倒臭いんだ、と思っていた。いつまでも遊んでいたいのに、「ご飯よー」と遊びを中断させる母親の声を鬱陶しく感じていたのだ。やがて思春期を迎えると、食べるという行為がひどくみっともなく、世知辛《せちがら》いもののように思えた。「食べていく」ため、誰かを「食べさせていく」ため、誰もが働かなければならない。それが惨めに感じられて仕方がなかった。

しかし、大人になった今、「食べる」という行為は何よりも楽しく、最も人間的な行為だと思う。しかも、ずっとムスリム国家で仕事をしていると、空腹の前では人は平等である、という考えが浸透してきて、貧富の差を超えて空腹を共有する断食という行為を面白いと感じるようになった。

あっというまにカレーライスをたいらげ、お茶を飲んで一息ついた康久は、少し離れたところでキャスリンが、みんなが食事をするのを満足げに眺めているのに気付いた。

あそこにいるのは、人間の宿業《しゅくごう》――「食べる」ことから解放された者だ。

キャスリンはものを食べない。

空腹も感じない。

でも、料理を作ることはできる。

なんだかそれが気の毒で、申し訳ない気がした。

康久は、トレイをカウンターまで下げに行き、キャスリンに話しかけた。

「ごちそうさま、キャスリン。おいしかったよ」

「それはよかったです」

キャスリンはにっこり笑った。

老いることのないぴかぴかの笑顔。

「すごいね、こんな業務用の料理もできるんだ」

「はい。空港内の業務は一通り覚えましたから」

「へえー」

一通り。彼女のいう一通りとは、どの程度のものを指すのだろうか。いくらでもマニュアルを詰め込めるだろうから、もしかすると、本当にすべての空港業務を行えるのかもしれない。

「キャスリンは、ものは食べないよね？」

「はい。食べるふりはできますが」

「じゃあ、飲み物も飲める？」

「はい。ただ、消化ができないので、あとで取り出さなければなりません」

その場面を想像して、康久は複雑な気分になった。なぜか、かつて祖母の家で見た、掃除機の紙パックを交換するところを思い浮かべてしまう。

「もちろん、味は分からないよね？」

「はい。でも、温度と成分は分かります。毒物などはすぐに検出できます」

「毒物」

康久は苦笑した。

源オフ、ガス元栓、セキュリティシステムオン、鍵施錠よし」などと声に出して確認させられるのにつきあった。

「はい、すべてＯＫでーす。ではしゅっぱーつ」

キャスリンが食堂の照明を落とすと、一瞬辺りが真っ暗になった。

かすかに狼狽してしまうが、目が慣れると、最低限の照明はある。

その中を、さっき来た薄暗い通路に戻っていくのは、なんとも憂鬱な気分だった。

さっきは未知の場所、広いところに出られるという期待があったので自然と足早になっていたが、帰りは皆、どことなく気の進まない足取りである。

またあの窓のない部屋、何もないがらんとした部屋に帰っていくのだ。そしてまた、答えがあるかどうか分からない犯人捜しをしなくてはならない。

康久は、薄暗い廊下で声にならない溜息をついた。

それを聞いていたかのように、十時がまた近寄ってきた。

「さっき、キャスリンと何の話をしていたんですか？」

カウンターのところでのやりとりを見ていたらしい。

「キャスリンは食事するのかって」

「なんて答えました？」

「食べるふりはできるって。でも、消化しないから後で取り出さなきゃならないって」

「なるほど」

「でも、温度や成分はチェックできるらしいよ。毒物の検出もできるっていうから凄いよね」

「ふうん。徹底的に実用性に特化してますね——彼女、はっきりいって、かなり優秀な兵器だ」

十時が最後に付け加えた一言に、康久はヒヤリとし、自分が不快に思っていることに気付いた。

自分は食べない食事を作るキャスリン。目にも留まらぬ速さで皿洗いをするキャスリン。さっき康久が彼女に感じた切なさを否定されたような気がしたのだ。

すべては人間の都合で造られた彼女。恐らくは、製作者の趣味で可愛い女の子の容姿になり、どこにでも入り込み聞き耳を立てるため高性能の耳を持ち、人間の行きたくない危険な場所で爆薬を嗅ぎ分け、毒物を体内に取り込んで検査までする。

むろん、キャスリンはそのために生まれたのだし、彼女はそれを不当だと思ったり、嫌だと思ったりはしない。それは単なるプログラムなのだ。

だが、そうと分かっていても、康久はいつしか彼女の存在に「けなげさ」を感じ、「憐《あわ》れみ」としか呼びようのない感情を抱き始めていたのである。

錯覚かもしれない。幻想かもしれない。

長い時間一緒にいたせいで、勝手に感情移入をしているのかもしれない。

だが、そういった気持ちが胸のうちに芽生えているのは確かなのだ。

隣を歩く十時の横顔を見る。

何事か考え込んでいる表情。

きっと、彼はこんなふうには感じていないんだろうな。

一方で、十時の言ったことも正しいと思う。彼女はその気になれば、恐ろしい兵器に転用が可能だ。こうしてセキュリティに特化している分にはいいが、紛争地で情報収集に使えば、凡百の斥候《せっこう》など比べものにならない働きをするだろう。地雷原も突破できるし、暗殺者になれるかもしれない。

たとえば、あの容姿を子供にすればどうか。誰も警戒しないだろうし、他の子供たちの中に紛れてしまえる。

むごい。

ふと、康久の頭にその言葉が浮かんだ。

我々は、なんとむごいものを造り出してしまったのだろう。

その「むごいもの」が、今俺たちの先頭に立っている。ためらうことも迷いもなく、笑顔で俺たちを率いていく。

本来ならば、造り出した我々がキャスリンに対してすべての責任を負わなければならないはずだ。創造主として、製作者として。しかし、既にキャスリンは我々の手を離れ始めているように思える。

彼女は俺たちをいったいどこに連れていこうとしているのだろうか。

遠くでドアがガチャリと開いた。

光の中に、キャスリンの背中が浮かび上がる。

後ろに続く人々の影。

まるでハーメルンの笛吹きだな。

康久は、そんなことをぼんやりと考えながら、部屋の中に戻った。

（下巻につづく）

この作品は二〇一五年九月中央公論新社より
刊行されたものを二分冊にしたものです。

消滅《しょうめつ》

VANISHING POINT（上）

恩田陸《おんだりく》

平成31年1月25日　初版発行
令和元年11月25日　4版発行

発行人——石原正康
編集人——袖山満一子
発行所——株式会社幻冬舎
〒151-0051東京都渋谷区千駄ヶ谷4-9-7
電話　03(5411)6222(営業)
　　　03(5411)6211(編集)
　　振替00120-8-767643

印刷・製本—中央精版印刷株式会社

装丁者——高橋雅之

幻冬舎文庫

ISBN978-4-344-42827-0　C0193　お-7-12

幻冬舎ホームページアドレス　https://www.gentosha.co.jp/
この本に関するご意見・ご感想をメールでお寄せいただく場合は、
comment@gentosha.co.jpまで。